Lewis Carroll

ALICE AU PAYS DES MERVEILLES

1865

JDH Éditions
Les Atemporels

Les Atemporels

Qu'il s'agisse d'œuvres du vingtième siècle, du dix-neuvième, du dix-huitième ou encore plus tôt…

Qu'il s'agisse d'essais, de récits, de romans, de pamphlets…

Ces œuvres ont marqué leur époque, leur contexte social, et elles sont encore structurantes dans la pensée et la société d'aujourd'hui.

La collection « Les Atemporels » de JDH Éditions, réunit un choix de ces œuvres qui ne vieillissent pas, qui ont une date de publication (indiquée sur la couverture) mais pas de date de péremption. Car elles seront encore lues et relues dans un siècle.

La plupart de ces atemporels sont préfacés par un auteur ou un penseur contemporain.

©2022. EDICO
Édition : JDH Éditions
77600 Bussy-Saint-Georges. France
Imprimé par BoD – Books on Demand, Norderstedt, Allemagne

Préface : Mickaële Eloy

Traduction et adaptation de l'anglais : Clémentine Vacherie

Réalisation et conception couverture : Cynthia Skorupa

ISBN : 978-2-38127-263-4
ISSN : 2681-7616
Dépôt légal : juin 2022

Préface

Quel est le lien entre le film d'anticipation *Matrix*, le manga *One Piece* et la série *Lost : les Disparus* ? Tous contiennent des allusions à *Alice au pays des Merveilles*. Et ce n'est qu'une infime partie des nombreuses œuvres directement ou indirectement inspirées par Lewis Carroll. De la littérature à la musique, du cinéma à la publicité, on ne compte plus les références à *Alice* et à ce monde onirique découvert au fond d'un terrier. Pourtant, lorsqu'il inventa le personnage d'Alice en 1862, je suis certaine que le professeur de mathématiques n'imaginait pas que son œuvre prendrait une telle part dans l'imaginaire collectif. Traduit dans 172 langues, le roman de Lewis Carroll a bercé des générations d'enfants. Au fil des ans, *Alice* est devenu un mythe, un classique parmi les plus lus, les plus analysés, les plus décriés.

Charles Lutwidge Dodgson naît en 1832 à Daresbury, dans le comté du Cheshire. Troisième d'une fratrie de 11 enfants, il grandit dans le presbytère familial, bercé par la tradition anglicane. Enfant timide à la santé fragile, il souffre très tôt d'un bégaiement qui compromet ses relations aux autres. Sujet de nombreuses railleries, il reste solitaire dans l'âme et ne s'épanouit pas en tant qu'élève. Il garde d'ailleurs une profonde aversion pour ses années en tant qu'élève à la *Public School* de Rugby où il est envoyé de 1846 à 1849. Admis au *Christ Church College*, à Oxford, il obtient un diplôme de mathématiques en 1854 et commence à enseigner cette même matière dès 1856. Il se lie alors d'amitié avec Henry George Liddell, doyen de *Christ Church*, Lorina, sa femme, et leurs trois filles : Lorina Charlotte, Alice et Edith.

À l'été 1862, alors qu'il emmenait les trois jeunes filles en balade sur la rivière Isis, Lewis Carroll inventa le personnage qu'on lui connaît pour faire passer le temps. Alors âgé de 31 ans, il ne songeait à cette époque à rien d'autre qu'à faire plaisir et à charmer une jeune fille de 10 ans. La jeune Alice Liddell, dont le prénom inspira à Lewis Carroll celui de son héroïne, fut si subjuguée par les aventures de la petite fille éponyme qu'elle supplia son ami de les lui écrire. Ce fut chose faite en 1864, lorsqu'il remit en présent à la petite Alice un manuscrit de 90 pages et 37 illustrations soigneusement réalisées.

Lewis Carroll modifia ensuite l'histoire, lorsqu'elle parut en 1865, fruit de sa collaboration avec l'éditeur londonien Macmillan & Co et le dessinateur Sir John Tenniel. Cette nouvelle version comporte deux chapitres supplémentaires, comme par exemple celui du goûter de non-anniversaire, ainsi que plusieurs nouveaux personnages, dont le fameux Chat du Cheshire. La publication connut un succès quasi immédiat. Les quelques critiques négatives ne trouvèrent que peu de crédit, quand bien même les récits pour enfants de l'époque étaient davantage moralisateurs que fantastiques. Cette notoriété permit ensuite à Lewis Carroll de publier notamment *De l'autre côté du miroir* en 1871.

Charles Lutwidge Dodgson publiera d'autres écrits : des nouvelles, des poèmes, des pamphlets, mais également des ouvrages de mathématiques sous son vrai nom. À partir de 1897, il tourne le dos à son nom de plume, renvoyant systématiquement les lettres adressées à Lewis Carroll. Il décède en 1898 des suites d'une bronchite.

De l'homme de sciences, on conserve encore de nombreux apports qui ont été utilisés jusque dans les années 1990 pour démontrer notamment la théorie de la matrice à signes alternants. De l'artiste, on garde en mémoire bien sûr ses deux œuvres majeures que sont *Alice au pays des merveilles* et *De l'autre côté du miroir*, mais également de nombreuses photographies, dont un certain nombre ont fait scandale en son temps, lorsque les modèles étaient de jeunes enfants que Charles Lutwidge Dodgson figeait nus sur sa pellicule.

Alice au pays des merveilles fait partie de ces histoires dont on peut avoir plusieurs degrés de lecture au fil du temps. Lorsque je découvris ce roman pour la première fois, je devais avoir 7 ans. Je l'ai lu et relu année après année, retrouvant la petite fille et ses compagnons étranges comme on se plaît à passer du temps avec de vieux amis. Je le lisais au premier degré, je ne voyais dans cette histoire que celle d'une enfant curieuse qui découvre, au milieu de la terre, un monde merveilleux, cependant sans fées ni princesse, un monde dans lequel les animaux parlent et vivent à la manière des hommes. Finalement, nous ne sommes pas loin des *Fables* de La Fontaine.

Plus tard, j'ai, comme beaucoup, découvert entre les lignes les interprétations qu'on en a fait. Lorsque la psychanalyse s'est intéressée à ce roman, elle y a vu une métaphore du passage à l'âge adulte, qui paraît dans un premier temps absurde. On entre totalement dans le genre littéraire très britannique du *nonsense*, de l'expression utilisée par les nurses *No nonsense*, que l'on peut traduire par « pas de bêtise, pas d'enfantillage ». On peut d'ailleurs se demander si ce monde si atypique ne serait pas une manière pour Lewis Carroll de plonger le lecteur dans un univers inadapté pour lui, comme l'est le monde réel pour l'auteur gaucher. Puis, de loufoque, il devient totalement violent avec l'apparition de la Reine et de son célèbre « Qu'on lui coupe la tête ! ». Mais je préfère y voir une volonté de retour à l'enfance de la part de Lewis Carroll. On lui a prêté une forte attirance pour les jeunes enfants, à commencer par Alice Liddell. Pour ma part, je pense que, compte tenu des souvenirs malheureux que l'auteur a de sa propre enfance, il a voulu revivre des jeunes années enchanteresses, fantasmées, loufoques au travers des aventures d'Alice et de ces amitiés nombreuses avec la jeunesse, comme pour conjurer le sort et s'inventer de nouveaux souvenirs. Dans ces récits, il s'est recréé une vie merveilleuse, loin des infirmités qui lui avaient été si préjudiciables.

Par-delà l'histoire que l'on connaît, rendue encore plus accessible aux enfants par Walt Disney en 1951, même si cette version n'est pas fidèle à l'œuvre originale, Lewis Carroll utilise ce roman initiatique pour critiquer, de manière plus ou moins transparente, la royauté dans ce qu'elle a de plus rigide. En effet, depuis le sacre de Victoria en tant que reine, et plus encore depuis le décès de son époux, celle qu'on a surnommée la Grand-Mère de l'Europe a instauré un empire rigoriste, en totale contradiction avec ceux de ses prédécesseurs. Dans les années qui ont précédé son règne, les affaires de mœurs et les scandales financiers étaient légion. Sous l'ère victorienne, on assiste au grand retour de la Morale. La protection des plus faibles est l'une des grandes victoires en matière juridique : l'esclavage est aboli et la détention d'esclaves interdite, les évangélistes luttent contre le travail des enfants et obtiennent qu'ils ne puissent pas travailler plus de neuf heures par jour. Mais la morale ne se limite pas à ces avancées majeures. Il est aussi et avant tout question de la toute-puissance de la royauté. C'est ce que l'on constate lors du procès du Valet de Cœur : il risque sa vie pour un crime qui n'a pas été commis. Le simulacre de justice va encore plus loin. Lorsque l'ensemble des parties est réuni, le Roi ordonne de passer immédiatement au verdict, avant même les débats contradictoires. Et, le procès se terminant, c'est à la Reine que revient presque le dernier mot : « La sentence d'abord, le verdict après. »

J'aime aussi à penser que la Reine de Cœur est une référence à la reine Marguerite. Durant la Guerre des deux Roses, entre 1455 et 1485, deux familles se disputèrent la succession au trône d'Angleterre : la famille d'York, symbolisée par la rose blanche, et la famille de Lancaster, représentée par une rose rouge. La guerre prit fin avec le décès du dernier duc d'York et l'avènement des Tudor. Lorsque les jardiniers repeignent les roses blanches en rouge, ils consacrent pleinement la victoire des Lancaster. La colère de la Reine de Cœur est alors, à mon sens, encore une de ces contradictions qui font le roman. Elle est également l'occasion de faire taire les anciennes querelles, comme l'a fait Henri Tudor en accédant au trône, réunissant les deux branches royales lors de son mariage avec Elizabeth d'York. Enfin, cet épisode est une critique du puritanisme de l'époque. En effet, les roses blanches sont symboles de la supériorité des classes nobles, lesquelles, lorsqu'elles sont peintes en rouge par les jardiniers de la Reine, prennent la couleur du sang du Christ. Lewis Carroll ouvre là les blessures anciennes et critique vertement, sans mauvais jeu de mots, le retour à la religion comme phare de la vie quotidienne. Ce n'est pas rien, pour un homme sacré diacre qui a refusé la prêtrise…

Mais ce que je préfère retenir d'*Alice au pays des merveilles*, c'est surtout la vision éminemment féministe de la Femme. La condition de la femme a beaucoup évolué durant le XIXe siècle. Même si, sous le règne de Victoria, la femme est vue comme un objet saint et pur, elle reste néanmoins privée de personnalité juridique. La femme n'est qu'un faire-valoir de son mari, et ses principales préoccupations doivent se porter sur l'éducation des enfants et la tenue de la maison. Les études, elles-mêmes, sont restreintes à quelques sujets que sont l'histoire, la géographie ou la littérature. Les jeunes filles sont poussées, dans les institutions qui leur sont réservées, vers l'étude des matières dites d'agrément : la broderie, le chant, l'aquarelle. Dans leur rôle de femme mariée, elles deviennent à leur tour un ornement social pour leur mari à qui elles doivent obéissance.

Le récit de Lewis Carroll est dès lors une critique de la société victorienne et des frivolités auxquelles sont restreintes les femmes. Les mœurs de l'époque, comme l'heure du thé ou l'attrait pour le quadrille, étaient supportées par certaines comme des contraintes sans fondement. Dans une société profondément dévote, ces traditions sont vues comme des habitudes au mieux désuètes, au pire ridicules et incompréhensibles.

En cela, la situation d'Alice est bien différente. Dans le roman, et même dans la suite qu'est *De l'autre côté du miroir*, Alice est une jeune femme indépendante. Elle n'a besoin à ses côtés ni de sa mère, ni d'un mari. Lewis Carroll me paraît donc très en avance sur son temps lorsqu'il nous dépeint une Alice faisant ses propres choix. Elle en assume parfaitement les conséquences, dès le début de l'histoire : « Voilà ma décision : […] je resterai ici ! » La petite fille ne se limite pas uniquement aux diktats imposés par la société. On le ressent totalement lorsqu'Alice est dans la chambre du Lapin Blanc. « Cette fois-ci, il n'y avait pas écrit "BUVEZ-MOI" ; néanmoins, elle la déboucha et la porta à ses lèvres. "Quand je mange ou bois quoi que ce soit, je sais que *quelque chose* d'intéressant se produira à coup sûr." » Elle outrepasse donc les ordres donnés, rien ne l'autorisant à déguster le contenu de ladite bouteille. La Reine de Cœur, elle-même, dans sa toute-puissance et malgré son côté tyrannique, reste maîtresse en sa maison et s'émancipe de son mari. Le Roi n'a qu'un rôle honorifique, presque d'objet, lui qui est d'ailleurs contredit par chacun des personnages tour à tour lors du procès.

Lewis Carroll va plus loin encore. Il est très critique, je trouve, dans son roman quant à cette éducation des jeunes femmes, lorsqu'il dépeint Alice comme une ignorante, n'ayant que des connaissances très superficielles. « Alice n'avait aucune idée de ce que pouvait être la latitude, ni la longitude d'ailleurs. » La petite fille ne comprend donc pas ce qui entoure la connaissance, ni même le contexte dans lequel elle se situe. L'accès à l'école et au savoir, contrairement à la conception victorienne, devient alors un objet d'émancipation.

Je pense qu'*Alice au pays des merveilles* n'a pas fini de faire couler de l'encre ni d'émerveiller les petits et les grands. Pour ma part, je ne me lasserai pas de lire et relire ce roman. Mais c'est déjà l'heure du thé, ne soyons pas en retard à notre non-anniversaire…

Mickaële Eloy

Bibliographie principale

Les Aventures d'Alice au pays des merveilles
(*Alice's Adventures in Wonderland*)
1865

De l'autre côté du miroir
(*Through the Looking-Glass, and What Alice Found There*)
1872

La Chasse au Snark
(*The Hunting of the Snark*)
1876

Alice racontée aux petits enfants
(*The Nursery Alice*)
1889

Sylvie et Bruno
(*Sylvie and Bruno*)
1889

I
Dans le terrier du Lapin

Alice commençait à se lasser de rester assise à côté de sa sœur, sur la berge, et de n'avoir rien à faire ; une fois ou deux, elle avait jeté un coup d'œil à l'intérieur du livre que sa sœur lisait, mais il ne contenait aucune image ni dialogue. Alice pensa : « Quel intérêt pour un livre s'il n'y a ni image ni dialogue ? »

Elle se demandait alors dans sa tête (autant qu'elle en était capable, car la chaleur de cette journée la rendait somnolente, ralentissant ses réflexions) si le plaisir de fabriquer une couronne de marguerites valait la peine qu'elle se lève pour aller cueillir des fleurs, lorsque, soudain, un Lapin Blanc avec des yeux roses passa rapidement près d'elle.

Il n'y avait là rien de *véritablement* incroyable, donc Alice n'estima pas *véritablement* étrange d'entendre le Lapin se dire à lui-même : « Diantre ! Diantre ! Je suis en retard ! » (lorsqu'elle y repensa plus tard, elle se dit que ce détail aurait dû la questionner, mais à ce moment-là, cette scène lui paraissait tout à fait normale) ; mais lorsque le Lapin finit par sortir *une montre de la poche de son gilet*, la regarda et accéléra encore sa course, Alice se redressa d'un bond, car elle fut instantanément frappée par le fait qu'auparavant, elle n'avait jamais vu un lapin avec un gilet, et encore moins en sortir une montre. Extrêmement curieuse, elle courut après lui à travers champ et arriva pile au bon moment pour le voir sauter dans un terrier sous la haie.

Quelques instants plus tard, Alice le suivit en se laissant glisser dans le trou, sans s'interroger une seule seconde sur la façon dont elle pourrait en sortir.

Comme un tunnel, le terrier était creusé horizontalement, puis une pente apparut soudain, si soudainement qu'Alice n'eut pas le temps de penser à s'arrêter avant de chuter dans un puits très profond.

Soit le puits était très profond, soit elle tombait très lentement, car pendant sa chute, elle disposa de beaucoup de temps pour regarder autour d'elle et se demander ce qui allait se passer ensuite. Elle essaya tout d'abord de regarder en bas pour distinguer ce vers quoi elle se dirigeait, mais il faisait trop sombre pour apercevoir quoi que ce soit. Ses yeux se posèrent ensuite sur les côtés du puits, et elle remarqua qu'ils étaient recouverts de placards et d'étagères ; par endroits, elle aperçut des cartes et des tableaux suspendus par des crochets. Elle attrapa un bocal sur une des étagères devant laquelle elle venait de passer ; il avait une étiquette qui mentionnait « *MARMELADE D'ORANGE* », mais à sa grande déception, il était vide. Elle n'osa pas laisser tomber le bocal, de peur de tuer quelqu'un qui se trouverait en dessous d'elle, donc elle se débrouilla pour le reposer sur une commode à sa portée.

— Eh bien ! pensa Alice. Après une telle chute, tomber dans les escaliers me sera bien égal ! Qu'est-ce qu'ils me trouveront courageuse, à la maison ! Enfin, je n'en dirais rien, même si je tombais du toit !

(Ce qui était en effet très probable.)

La chute d'Alice se poursuivit, encore, encore et encore. N'allait-elle donc *jamais* prendre fin ?

— Je me demande combien de kilomètres j'ai parcourus depuis le début de ma chute ? dit-elle à voix haute. Je ne dois pas me trouver très loin du centre de la Terre. Voyons voir : ça devrait faire environ plus de six mille kilomètres, je pense…

(Car, voyez-vous, Alice avait appris de nombreuses choses de ce genre à l'école, pendant ses cours, et bien que ce moment ne fût pas *vraiment* une bonne occasion d'étaler ses connaissances, puisqu'il n'y avait personne pour les entendre, cela restait un bon entraînement pour elle.)

— … oui, ce doit être à peu près ça ; mais alors, je me demande à quelle latitude et longitude je me trouve ?

(Alice n'avait aucune idée de ce que pouvait être la latitude, ni la longitude d'ailleurs, mais elle trouvait que ces mots faisaient très bonne impression.)

Ensuite, elle recommença ses interrogations :

— Je me demande si je vais *traverser* la Terre ! Comme ce serait amusant de me retrouver parmi les gens qui marchent la tête en bas ! Les Antipathes, je crois…

(Cette fois-ci, elle était plutôt soulagée que personne ne l'écoutât, car ce ne semblait pas du tout être le bon mot.)

— … mais il faudra que je leur demande le nom de leur pays, bien sûr. Dites-moi, Madame, sommes-nous en Nouvelle-Zélande ou en Australie ?

(En prononçant ces mots, elle essaya de faire une révérence – facile de *révérencer* en tombant dans les airs ! Vous pensez que vous pourriez y arriver ?)

— Et pour quelle petite fille ignorante me prendra-t-elle pour avoir posé cette question ! Non, je ne demanderai rien ; je le verrai peut-être écrit quelque part.

La chute d'Alice se poursuivit, encore, encore et encore. Elle n'avait rien d'autre à faire, donc elle recommença rapidement à parler.

— Je pense que je vais beaucoup manquer à Dinah, ce soir !

(Dinah était le chat.)

— J'espère qu'ils n'oublieront pas sa soucoupe de lait pour le goûter. Ma chère Dinah ! J'aimerais tant que tu sois là avec moi ! J'ai bien peur qu'il n'y ait pas de souris dans l'air, mais tu pourrais attraper une chauve-souris ; c'est presque pareil, tu sais. Mais est-ce que les chats mangent des chauves-souris, je me le demande ?

À ce moment-là, Alice commença à somnoler et continua à se répéter, d'un air un peu rêveur : « Est-ce que les chats mangent des chauves-souris ? Est-ce que les chats mangent des chauves-souris ? », et parfois : « Est-ce que les chauves-souris mangent des chats ? », car, voyez-vous, étant donné qu'elle ne pouvait répondre à aucune question, l'ordre dans lequel elle les posait n'avait que peu d'importance. Elle sentit qu'elle piquait du nez, et avait à peine commencé à rêver qu'elle se promenait main dans la main avec Dinah, et qu'elle lui disait très sérieusement : « Allez, Dinah, dis-moi la vérité : est-ce que tu as déjà mangé une chauve-souris ? », lorsque, soudain, boum ! boum ! elle atterrit sur un tas de branches et de feuilles mortes, et la chute prit fin.

Alice n'eut pas une seule égratignure ; elle se remit debout rapidement. Elle leva les yeux, mais tout était sombre au-dessus de sa tête ; il y avait un autre long passage devant elle, et le Lapin Blanc était toujours en vue, le descendant d'un pas pressé. Il n'y avait pas une seconde à perdre ; Alice le suivit, aussi rapide qu'un éclair, et arriva à point nommé pour l'entendre dire, alors qu'il tournait à un angle :

— Oh, par mes moustaches, il est si tard !

Elle n'était pas loin derrière lui, mais après avoir tourné, elle le perdit de vue ; elle se retrouva dans un grand vestibule, au plafond bas, illuminé par une rangée de lampes qui pendaient du toit.

Il y avait des portes tout autour de la salle, mais chacune d'elles était verrouillée, et lorsqu'Alice eut fini de toutes les essayer d'un bout à l'autre de la pièce, elle revint tristement au centre du vestibule, se demandant si elle en sortirait un jour.

Soudain, elle tomba par hasard sur une table à trois pieds, entièrement en verre massif ; rien ne se trouvait dessus à part une minuscule clé dorée. Alice pensa alors qu'elle devait ouvrir l'une des portes du vestibule, mais hélas ! soit les serrures étaient trop grandes, soit la clé était trop petite ; dans tous les cas, elle n'en ouvrirait aucune. Cependant, lors de son deuxième tour, elle tomba sur un rideau bas qu'elle n'avait pas remarqué auparavant, et derrière ce dernier se trouvait une petite porte, d'environ quarante centimètres de haut ; elle essaya d'enfoncer la petite clé dorée dans la serrure et, pour son plus grand bonheur, elle y rentra !

Alice ouvrit la porte et découvrit qu'elle menait à un passage étroit, à peine plus grand qu'un trou de rat ; elle s'agenouilla et observa le passage qui menait au plus beau jardin que vous ayez jamais vu. Ô combien elle désirait sortir de ce sombre vestibule et se promener au milieu de ces parterres de fleurs aux couleurs éclatantes et de ces fontaines fraîches, mais elle n'arrivait même pas à passer sa tête dans l'ouverture de la porte.

— Et même si j'arrivais à faire entrer ma tête, elle ne serait pas d'une grande utilité sans mes épaules, pensa la pauvre Alice. Oh, que j'aimerais pouvoir me rétracter comme un télescope ! Je pense que je pourrais le faire, si seulement je savais comment m'y prendre.

Car, voyez-vous, tant de choses étranges s'étaient passées dernièrement qu'Alice avait commencé à croire qu'en effet, très peu de choses étaient réellement impossibles.

Il ne servait visiblement à rien d'attendre devant la petite porte, donc elle retourna vers la table, espérant à moitié trouver une autre clé dessus, ou au moins un livre de règles pour rétracter les gens comme des télescopes ; cette fois-ci, elle trouva une petite bouteille sur la table (« qui n'était certainement pas là avant », remarqua Alice), et elle présentait une étiquette en papier attachée autour de son goulot, où étaient magnifiquement imprimés les mots « *BUVEZ-MOI* » en lettres capitales.

Il était bien beau de dire « Buvez-moi », mais la sage petite Alice n'allait pas faire *cela* sans réfléchir.

— Non, je vais d'abord y jeter un œil, et voir s'il est inscrit « poison » ou non.

Car elle avait lu nombre de jolies petites histoires à propos d'enfants qui avaient été brûlés, dévorés par des bêtes sauvages et autres choses déplaisantes simplement parce qu'ils ne voulaient pas retenir les règles simples que leurs amis leur avaient apprises ; comme le fait qu'un tisonnier chauffé vous brûlera si vous le tenez trop longtemps, ou que si vous coupez *très* profondément votre doigt avec un couteau, a priori, il saignera ; et Alice n'avait jamais oublié celle-ci : si vous buvez une certaine quantité d'un liquide provenant d'une bouteille étiquetée « poison », il est presque certain que cela vous causera des ennuis, tôt ou tard.

Cela dit, il n'y avait pas le mot « poison » sur cette bouteille, donc Alice s'aventura à goûter son contenu, qu'elle trouva très bon (en fait, la saveur était une sorte de mélange de tarte à la cerise, de crème anglaise, d'ananas, de dinde rôtie, de caramel mou et de beurre sur un toast grillé). Elle vida rapidement la bouteille.

***

— Quelle sensation étrange ! s'exclama Alice. Je dois être en train de me rétracter comme un télescope.

C'était en effet le cas : elle ne mesurait maintenant plus que vingt-cinq centimètres, et son visage s'illumina à l'idée qu'elle avait à présent la bonne taille pour passer la petite porte qui menait à ce merveilleux jardin. Néanmoins, elle attendit d'abord quelques minutes pour voir si elle allait se ratatiner encore un peu plus ou non ; cette possibilité la rendait un peu nerveuse.

— Car je pourrais finir par complètement disparaître, comme une bougie. Je me demande à quoi je ressemblerais dans ce cas-là ?

Puis elle tenta de se figurer à quoi ressemble la flamme d'une bougie lorsque cette dernière est éteinte, car elle ne se souvenait pas d'avoir vu un jour une telle chose.

Après un moment, constatant que rien de plus ne se passait, elle décida de se rendre sans tarder dans le jardin, mais – malheureusement pour la pauvre Alice ! – lorsqu'elle arriva devant la porte, elle réalisa qu'elle avait oublié la petite clé dorée, et lorsqu'elle retourna vers la table pour la prendre, elle découvrit qu'elle ne pouvait l'atteindre. Elle la voyait très bien à travers le verre et fit de son mieux pour grimper sur l'un des pieds de la table, mais la surface était trop glissante ; et lorsqu'elle fut épuisée par ses nombreux essais, la pauvre petite s'assit et se mit à pleurer.

— Allons, il ne sert à rien de pleurer comme ça ! se dit Alice, d'un ton assez sec. Je te conseille d'arrêter tout de suite !

En général, elle se prodiguait de très bons conseils (même si elle ne les suivait que très rarement) ; parfois, elle se réprimandait elle-même si sévèrement que des larmes lui montaient ; et une fois, elle se souvint d'avoir essayé de se gifler pour avoir triché au croquet alors qu'elle jouait contre elle-même, car cette curieuse enfant adorait prétendre être deux personnes. « Mais maintenant, il ne sert à rien de faire semblant d'être deux personnes ! » pensa la pauvre Alice. « Il reste à peine assez de moi pour faire *une* personne respectable ! »

Bientôt, ses yeux se posèrent sur une petite boîte en verre posée sous la table ; elle l'ouvrit et découvrit un minuscule gâteau à l'intérieur, où étaient magnifiquement tracés les mots «*MANGEZ-MOI*» avec des raisins de Corinthe.

— Très bien, je vais le manger, dit Alice. S'il me fait grandir, je pourrai atteindre la clé, et s'il me fait rapetisser, je pourrai me faufiler sous la porte ; donc, dans tous les cas, j'irai dans ce jardin, et peu m'importe lequel des deux arrivera !

Elle en mangea un petit bout et se dit à elle-même, inquiète :

— Plus grande ou plus petite ?

Elle tenait sa main au-dessus de sa tête pour sentir si elle grandissait ou rapetissait, et elle fut plutôt surprise de constater qu'elle avait toujours la même taille ; bien entendu, c'est généralement ce qu'il se passe quand on mange un gâteau, mais comme Alice s'attendait uniquement à ce que des choses étranges se passent, cela semblait assez ennuyeux et stupide que la vie continue comme d'habitude.

Donc elle se mit à l'œuvre et finit rapidement d'engloutir le gâteau.

II

La mare de larmes

— De plus curieux en plus curieux ! hurla Alice.

(Elle était si surprise qu'à cet instant, elle oublia comment parler correctement.)

— À présent, je me déplie comme le plus grand télescope qui ait jamais existé ! Au revoir, mes pieds !

(Car lorsqu'elle baissa les yeux vers ses pieds, ils semblaient être presque trop loin pour rester en vue, et s'éloignaient encore.)

— Oh, mes pauvres petits pieds, je me demande qui mettra vos chaussures et vos chaussettes pour vous à présent, mes chers ? Je suis sûre que *je* n'en serai pas capable ! Je serai bien trop loin pour me soucier de vous ; vous devrez vous débrouiller le mieux possible – mais je dois être gentille avec eux, pensa Alice, ou alors ils refuseront de marcher dans la direction que je choisirai ! Voyons voir : je leur offrirai une nouvelle paire de bottes à chaque Noël.

Puis elle continua à planifier dans sa tête comment elle gèrerait cette situation.

« Ces cadeaux devront arriver par le livreur », pensa-t-elle, « et cela aura l'air très drôle, d'envoyer des présents à mes propres pieds ! Et l'adresse paraîtra si étrange ! »

Monsieur Le Pied Droit d'Alice
   Tapis de Foyer,
      près du garde-feu   *(avec l'affection d'Alice)*

— Mon Dieu, quelles bêtises suis-je en train de raconter !

À ce moment précis, sa tête se cogna contre le plafond du vestibule ; en fait, elle mesurait à présent plus de deux mètres soixante-dix. Elle se saisit sans attendre de la petite clé dorée et se précipita vers la porte du jardin.

Pauvre Alice ! Elle ne put rien faire d'autre que se coucher sur le flanc pour regarder le jardin d'un seul œil ; passer de l'autre côté de cette porte était plus improbable que jamais. Elle s'assit et recommença à pleurer.

— Tu devrais avoir honte de toi, lança Alice. Une grande fille comme toi *(c'était le cas de le dire)* qui pleure de cette façon ! Arrête-toi tout de suite, je te l'ordonne !

Mais elle continua sans tarir, versant des litres de larmes, jusqu'à ce qu'une grande mare se soit formée autour d'elle, d'environ dix centimètres de profondeur et se répandant dans la moitié du vestibule.

Après un moment, elle entendit un léger bruit de pas au loin ; elle essuya ses yeux avec hâte pour voir ce qui arrivait. C'était le Lapin Blanc qui revenait, somptueusement vêtu, avec une paire de petits gants blancs dans une main et un grand éventail dans l'autre ; il arriva vers elle en trottinant très rapidement, se marmonnant dans sa course :

— Oh ! La Duchesse, la Duchesse ! Oh ! Elle va être furieuse si je l'ai fait attendre !

Alice se sentait si désespérée qu'elle était prête à demander l'aide de n'importe qui ; donc, lorsque le Lapin passa près d'elle, elle commença à dire, d'une voix basse et timide :

— S'il vous plaît, Monsieur…

Le Lapin sursauta violemment, échappa les petits gants blancs et l'éventail, et fila dans la pénombre aussi vite qu'il le put.

Alice ramassa l'éventail et les gants, puis, alors qu'il faisait très chaud dans le vestibule, elle s'éventa pendant la suite de son monologue :

— Eh bien, eh bien ! Comme tout est curieux aujourd'hui ! Et hier, tout se passait comme d'habitude. Je me demande si j'ai été changée dans la nuit ? Voyons voir : étais-je la même à mon réveil ce matin ? Je suis presque certaine de me rappeler m'être sentie un peu différente. Mais si je ne suis pas la même, la question suivante est : qui suis-je donc ? Ah, c'est *là* toute l'énigme !

Puis elle commença à penser à tous les enfants qu'elle connaissait et qui avaient son âge, pour voir si elle s'était changée en l'un d'eux.

— Je suis sûre de ne pas être Ada, observa-t-elle, car ses cheveux font de belles anglaises, et les miens ne sont aucunement bouclés ; et je suis certaine de ne pas être Mabel, car je sais beaucoup de choses, et elle, oh ! elle en sait si peu ! De plus, *elle est* elle, et *je suis* moi – oh mon Dieu, quelle énigm que tout cela ! Je vais vérifier que je sais tout ce que je savais. Voyons voir : quatre fois cinq, douze ; quatre fois six, treize ; quatre fois sept… oh mon Dieu ! Je ne vais jamais arriver à vingt à ce rythme-là. Cela dit, la table des multiplications ne veut rien dire ; essayons la géographie. Londres est la capitale de Paris, et Paris est la capitale de Rome, et Rome… non, *tout* est faux, j'en suis sûre ! J'ai dû être transformée en Mabel ! Je vais essayer de réciter « Comme la petite… ».

Elle croisa ses mains sur ses genoux comme si elle récitait une leçon et commença à répéter le poème, mais sa voix était éraillée et étrange, et les mots ne sortirent pas comme d'habitude :

Comme le petit crocodile
Bichonne sa queue lustrée,
Et déverse les eaux du Nil
Sur chaque écaille dorée !

Comme son sourire semble bon,
Comme il écarte bien ses griffes,
Et accueille des petits poissons
Les mâchoires parées d'un sourire attentif !

— Je suis sûre que ce ne sont pas les bons mots, conclut la pauvre Alice.

Ses yeux se remplirent à nouveau de larmes alors qu'elle poursuivait :

— Finalement, je dois être Mabel, et je vais devoir aller vivre dans cette petite maison exiguë, et je n'aurai presque aucun jouet pour m'amuser, et, oh ! tant de leçons à apprendre ! Non, voilà ma décision : si je suis effectivement Mabel, je resterai ici ! Il ne leur servira à rien de pencher la tête dans ce trou et de dire : « Remonte, petite ! » Je me contenterai de lever les yeux et de répondre : « Qui suis-je, alors ? Répondez d'abord à cette question, et après cela, si j'aime la personne que je suis, je remonterai ; sinon, je resterai ici jusqu'à ce que je sois quelqu'un d'autre... » mais... oh mon Dieu ! cria Alice, en fondant soudainement en larmes, j'espère vraiment qu'ils pencheront la tête dans ce trou ! J'en ai *tellement* marre d'être toute seule ici !

À ces mots, elle baissa les yeux vers ses mains et fut surprise de voir qu'elle avait enfilé un des petits gants blancs du Lapin pendant sa tirade.

— Comment ai-je *pu* le mettre ? pensa-t-elle. Je dois être de nouveau en train de rapetisser.

Elle se leva et se dirigea vers la table pour mesurer sa taille par rapport à elle ; Alice découvrit qu'à présent, elle mesurait environ soixante centimètres, selon ses estimations, et continuait à rétrécir rapidement. Elle comprit rapidement que cela était dû à l'éventail qu'elle avait en main, et le laissa tomber sans délai, juste à temps pour éviter de se tasser complètement.

— Eh bien, c'était moins une ! s'exclama Alice, plutôt effrayée par ce changement soudain, mais grandement soulagée de constater qu'elle existait encore. Et maintenant, en route pour le jardin !

Elle se mit à courir à toute vitesse en direction de la petite porte, mais, hélas ! cette dernière était de nouveau fermée, et la petite clé dorée était toujours posée sur la table en verre.

« Les choses ne font qu'empirer », pensa la pauvre enfant, « car je n'ai jamais été aussi petite que cela ; jamais ! Je peux dire que c'est un désastre, un véritable désastre ! »

Lorsqu'elle prononça ces mots, son pied glissa, et un instant plus tard, plouf ! son menton était plongé dans de l'eau salée. Elle pensa tout d'abord qu'elle était sans doute tombée dans la mer, « et dans ce cas, je peux rentrer par le train », se dit-elle. (Alice s'était rendue en bord de mer une seule fois dans sa vie, et était arrivée à la conclusion générale que, partout sur les côtes anglaises, vous trouverez nombre de cabines de bain dans la mer, quelques enfants creusant dans le sable avec des pelles en bois, puis une rangée de maisons de vacances, et derrière elles, une gare.) Cependant, elle comprit rapidement qu'elle se trouvait dans la mare de larmes qu'elle avait versées lorsqu'elle mesurait deux mètres soixante-dix.

— Comme je regrette d'avoir tant pleuré ! dit Alice en nageant, essayant de se sortir de là. Je suppose que je vais à présent être punie pour cela, en me noyant dans mes propres larmes ! Ça, ce serait *indubitablement* étrange, sans nul doute ! Cela dit, tout est étrange, aujourd'hui.

À ce moment précis, elle entendit quelque chose patauger un peu plus loin dans la mare ; elle s'en rapprocha en nageant pour découvrir de quoi il s'agissait. Elle crut tout d'abord que c'était un morse ou un hippopotame, mais ensuite, elle se rappela combien elle était petite à présent et comprit rapidement que ce n'était qu'une souris qui avait glissé dans la mare, tout comme elle.

« Et maintenant, cela servirait-il à quelque chose de parler à cette souris ? » pensa Alice. « Tout est si étrange ici que je pourrais tout à fait penser qu'elle peut parler ; en tout cas, je ne perdrai rien à essayer. » Alors elle entama la conversation :

— Ô Souris, sais-tu comment sortir de cette mare ? Je suis vraiment épuisée de nager, Ô Souris !

(Alice songea que c'était la bonne façon pour s'adresser à une souris ; elle n'avait jamais rien fait de tel auparavant, mais elle se rappelait avoir vu, dans le livre de grammaire latine de son frère : « Une souris – d'une souris – à une souris – une souris – Ô souris ! »)

La Souris la dévisagea avec une certaine curiosité et parut lui adresser un clin d'œil avec l'un de ses petits globes oculaires, mais elle ne répondit rien.

« Peut-être qu'elle ne comprend pas ce que je dis », songea Alice. « Je crois bien qu'il s'agit d'une souris française, arrivée ici avec Guillaume le Conquérant. » (Car Alice, malgré tout son savoir en histoire, n'avait aucune notion très claire de la période où les choses s'étaient passées.) Donc elle poursuivit :

— *Où est ma chatte*[1] ?

C'était la première phrase écrite dans son manuel de français.

La Souris bondit soudainement hors de l'eau et sembla trembler de tout son être, terrorisée.

— Oh, je te demande pardon ! hurla Alice avec hâte, craignant d'avoir vexé la pauvre bête. J'avais oublié que vous n'aimez pas les chats.

— N'aime pas les chats ! cria la Souris d'une voix stridente et ardente. Tu aimerais les chats, *toi*, si tu étais moi ?

— Eh bien, peut-être que non, répondit Alice d'un ton apaisant. Ne te fâche pas pour cela. Cela dit, j'aimerais beaucoup te montrer notre chatte, Dinah ; je suis sûre que tu adorerais les chats si tu la voyais. Elle est si calme et si mignonne, continua Alice, à moitié pour elle-même, alors qu'elle nageait paresseusement dans la mare.

Alice poursuivit :

— Et elle s'assoit au coin du feu, émet un si joli ronronnement, lèche ses pattes et nettoie sa figure – c'est un véritable plaisir de s'en occuper – et c'est la meilleure pour attraper les souris... oh, je te demande pardon ! s'exclama de nouveau Alice, car cette fois-ci, la Souris avait les poils hérissés, et elle était certaine que cette dernière devait être vraiment offensée.

La petite fille reprit :

— Ne parlons plus d'elle, si tu préfères.

— Je préfère, en effet ! cria la Souris, qui tremblait de la tête à la queue. Comme si j'allais parler d'une telle chose ! Notre famille a toujours *détesté* les chats ; ils sont méchants, méprisables, vulgaires ! Je ne veux plus jamais entendre leur nom !

— Je n'en parlerai plus, promis ! répondit Alice, pressée de changer de sujet. Est-ce que vous... est-ce que vous aimez... les... les chiens ?

La Souris ne répondit rien, donc Alice poursuivit avec enthousiasme :

---

[1] En français dans le texte original.

— Il y a un petit chien adorable près de chez nous que j'aimerais te montrer ! Un petit terrier aux yeux brillants, tu vois, avec des poils marron très longs et bouclés ! Et il va chercher quand on lance quelque chose, il s'assoit et quémande son dîner, et plein d'autres choses – je n'arrive pas à m'en rappeler la moitié – et il appartient à un fermier, tu vois, il dit qu'il est très utile, qu'il vaut au moins mille livres ! Il raconte qu'il tue les rats et… oh mon Dieu ! s'exclama tristement Alice. J'ai bien peur de l'avoir encore vexée !

Elle exprima cette hypothèse car la Souris s'éloignait d'elle en nageant, aussi vite qu'elle le pouvait, créant une certaine agitation dans la mare alors qu'elle filait.

Donc Alice l'appela doucement :

— Chère Souris ! Reviens, on ne parlera plus ni de chats ni de chiens, si tu ne les aimes pas !

Lorsque la Souris entendit cela, elle fit demi-tour et nagea lentement vers elle de nouveau ; sa frimousse était assez pâle (de colère, pensa Alice), et elle dit d'une voix basse et tremblante :

— Regagnons le rivage, alors je te raconterai mon histoire, et tu comprendras pourquoi je hais les chats et les chiens.

Il était grand temps de partir, car la mare commençait à être surpeuplée d'oiseaux et d'animaux qui étaient tombés dedans : il y avait un Canard et un Dodo, un Lori et un Aiglon, et bien d'autres créatures étranges. Alice ouvrit la marche, puis toute la ménagerie nagea vers le rivage.

III
Une course-caucus et une longue histoire

Ils constituaient effectivement un groupe aux allures étranges rassemblés sur le rivage – les oiseaux aux plumes mouillées, les animaux à fourrure collés contre eux, et tous trempés jusqu'aux os, contrariés et de mauvaise humeur.

Bien entendu, la première question était : comment se sécher ? Ils se réunirent pour trouver la solution, et après quelques minutes, il parut assez naturel à Alice de se retrouver à leur parler familièrement, comme si elle les connaissait depuis toujours. En effet, elle se querella assez longuement avec le Lori, qui avait fini par bouder et ne faisait que répéter : « Je suis plus vieux que toi, donc j'en sais plus que toi », et Alice n'admettrait pas cela sans connaître son âge exact, et, étant donné que le Lori refusait de répondre à cela, il n'y avait rien d'autre à ajouter.

Finalement, la Souris, qui avait l'air de faire figure d'autorité parmi eux, les interpella :

— Vous tous, asseyez-vous et écoutez-moi ! Je vais bientôt vous *sécher* suffisamment !

Tous s'assirent immédiatement, formant un grand cercle, la Souris se tenant au centre. Alice gardait les yeux fixés sur elle avec inquiétude, car elle était certaine d'attraper un vilain rhume si elle ne se séchait pas rapidement.

— Hum, hum ! commença la Souris en se donnant un air important. Êtes-vous tous prêts ? C'est la chose la plus sèche que je connaisse. Silence, s'il vous plaît ! « Guillaume le Conquérant, dont la cause était soutenue par le pape, reçut bientôt la soumission des Anglais, qui souhaitaient des chefs, et qui avaient été habitués à l'usurpation et à la conquête depuis quelque temps. Edwin et Morcar, les comtes de Mercie et Northumbrie… »

— Argh ! s'exclama le Lori en frissonnant.

— Je te demande pardon ? demanda très poliment la Souris tout en fronçant les sourcils. As-tu dit quelque chose ?

— Non, je n'ai rien dit ! répondit précipitamment le Lori.

— J'avais cru t'entendre, conclut la Souris. Je reprends. « Edwin et Morcar, les comtes de Mercie et Northumbrie, lui apportèrent leur soutien, et même Stigand, l'archevêque patriotique de Canterbury, trouvait cela recommandable… »

— Trouvait quoi ? demanda le Canard.

— Trouvait cela, répondit la Souris, plutôt avec colère. Bien entendu, vous savez tous ce que « cela » veut dire.

— Je sais très bien ce que « cela » veut dire, lorsque *je* trouve quelque chose, dit le Canard. En général, c'est une grenouille ou un ver de terre. La question est : qu'est-ce que l'archevêque a trouvé ?

La Souris ne rebondit pas sur cette question et poursuivit avec hâte :

— « … trouvait cela recommandable d'aller rencontrer Guillaume avec Edgar Atheling et de lui offrir la couronne. Tout d'abord, la conduite de Guillaume fut modérée. Mais l'insolence de ses Normands… » Comment te sens-tu à présent, ma chère ? enchaîna-t-elle en se tournant vers Alice.

— Toujours aussi trempée, répondit cette dernière d'un ton mélancolique. Je n'ai pas du tout l'impression que cela me sèche.

— Dans ce cas, interrompit solennellement le Dodo en se relevant, je demande l'ajournement de cette réunion pour une adoption immédiate de solutions plus énergiques…

— Parle normalement ! intervint l'Aiglon. Je ne connais pas le sens de la moitié de ces longs mots, et en plus, je ne suis pas sûr que tu le connaisses non plus !

Puis l'Aiglon baissa la tête pour cacher un sourire ; quelques autres volatiles gloussèrent sans discrétion.

— Ce que j'allais dire, reprit le Dodo d'un ton offensé, c'est que le meilleur moyen pour nous sécher serait une course-caucus.

— Qu'est-ce qu'une *course-caucus* ? demanda Alice.

Non pas qu'elle voulût vraiment le savoir, mais le Dodo avait arrêté de parler comme s'il estimait que *quelqu'un* devait prendre la parole, et personne d'autre n'avait l'air enclin à dire quoi que ce soit.

— Eh bien, commença le Dodo, le meilleur moyen de l'expliquer est de la montrer.

(Et, étant donné que vous aimeriez sans doute l'essayer vous-même, un jour d'hiver, je vais vous raconter comment le Dodo l'exécutait.)

Tout d'abord, il traça un champ de courses, dans une sorte de cercle (« *la forme exacte n'a pas d'importance* », assura-t-il), puis tous les membres du groupe furent placés ici et là sur le champ. Il n'y avait aucun « un, deux, trois, partez », mais ils commençaient à courir lorsqu'ils le voulaient, et s'arrêtaient quand l'envie leur en prenait ; de cette façon, il n'était pas facile de savoir quand la course était terminée. Cela dit, après qu'ils avaient gambadé pendant environ une demi-heure et qu'ils s'étaient relativement séchés, le Dodo cria :

— La course est terminée !

Puis ils se rassemblèrent tous autour du volatile, haletant et demandant :

— Mais qui a gagné ?

Le Dodo était incapable de répondre à cette question sans réfléchir longuement ; il resta assis pendant un long moment, un doigt pressé contre son front (la même position que celle de Shakespeare que nous voyons généralement sur les tableaux qui le représentent) alors que les autres attendaient en silence. Finalement, le Dodo clama :

— *Tout le monde* a gagné, et tous recevront un prix.

— Mais qui remettra les prix ? demandèrent toutes les voix en chœur.

— Eh bien, elle, évidemment, répondit le Dodo en désignant Alice du doigt.

Puis tous les membres du groupe se rassemblèrent immédiatement autour d'elle, hurlant de manière confuse :

— Les prix ! Les prix !

Alice ne savait pas quoi faire, alors, désespérée, elle mit la main dans sa poche et en sortit un paquet de dragées (par chance, l'eau salée ne les avait pas gâtés), puis elle les distribua, faisant office de prix. Il y en avait exactement un pour chacun.

— Mais elle devrait avoir un prix elle aussi, vous ne croyez pas ? remarqua la Souris.

— Bien entendu, répondit le Dodo avec gravité. Qu'as-tu d'autre dans ta poche ? poursuivit-il en se tournant vers Alice.

— Seulement un dé à coudre, dit tristement cette dernière.

— Apportez-le ici, lui ordonna le Dodo.

Ils encerclèrent la petite fille une fois de plus, alors que le Dodo présentait solennellement le dé à coudre, déclarant :

— Nous vous prions d'accepter cet élégant dé à coudre !

Lorsqu'il eut fini son bref discours, tous les animaux l'acclamèrent.

Alice songea que cette scène était totalement ridicule, mais ils avaient tous l'air si sérieux qu'elle n'osa pas en rire ; puis, comme elle ne trouvait rien à dire, elle se contenta de faire une révérence avant de recevoir le dé à coudre, avec un air aussi solennel que possible.

Par la suite, ils mangèrent les dragées : cela entraîna quelque bruit et confusion, alors que les grands oiseaux se plaignaient de ne pouvoir goûter les leurs, et que les petits s'étouffaient et devaient donc recevoir des coups de pattes dans le dos. Néanmoins, cette activité terminée, ils s'assirent tous à nouveau en rond et supplièrent la Souris de leur raconter une autre histoire.

— Tu m'as promis de me raconter ton histoire, tu te rappelles ? l'encouragea Alice. Et la raison pour laquelle tu hais les… C et C, ajouta-t-elle dans un murmure, craignant légèrement qu'elle se vexe de nouveau.

— Elle est longue et triste ! s'exclama la Souris, se tournant vers Alice avant de soupirer en regardant sa queue.

— Elle est longue, en effet, commença Alice en baissant des yeux étonnés vers la queue de la Souris. Mais pourquoi tu la dis triste ?

Elle continua à essayer de résoudre cette énigme alors que la Souris parlait, donc son idée de l'histoire fut quelque chose de ce genre :

Fury dit à une souris
Qu'il rencontra dans le logis :
« Rendons-nous au tribunal,
Je t'impose un procès ;
Je ne souffrirai aucun refus,
Nous entamerons une procédure,
Car ce matin, en vérité,
Je n'ai rien d'autre pour m'occuper. »
La souris dit au benêt :
« Cher Monsieur, un tel procès
Sans juge ni jurés,
Serait gaspiller nos efforts. »
« Je serai le juge et le jury »,
Dit le vieux et rusé Fury ;
« Je rendrai ledit verdict,
Et te condamnerai à mort. »

— Tu n'es pas attentive ! reprocha sévèrement la Souris à Alice. À quoi penses-tu ?

— Je te prie de m'excuser, dit humblement Alice. Tu en étais au cinquième détour, je crois ?

— Non ! Je *ne*… commença à hurler la Souris d'un ton sec et très énervé.

— Un nœud ! s'exclama Alice, toujours prête à se rendre utile, en regardant autour d'elle. Oh, laissez-moi vous aider à le défaire !

— Je ne ferai rien de tel, répondit la Souris en se levant avant de s'éloigner. Le fait que tu racontes de telles bêtises est une insulte envers moi !

— Ce n'était pas mon intention ! implora la pauvre enfant. Cela dit, tu te vexes très facilement, tu sais !

La Souris émit un grognement pour seule réponse.

— S'il te plaît, reviens et termine ton histoire ! lui lança Alice.

Puis les autres se joignirent à elle en chœur :

— Oui, s'il te plaît !

Mais la Souris ne fit que secouer la tête avec impatience, puis elle marcha un peu plus vite.

— Quel dommage qu'elle n'ait pas voulu rester ! soupira le Lori dès qu'elle eut disparu.

Puis un vieux Crabe saisit l'occasion pour dire à sa fille :

— Ah, ma chérie ! Que ceci t'apprenne qu'il ne faut jamais que t'emporter !

— Tais-toi, maman ! répliqua le jeune Crabe, quelque peu sèchement. Tu ferais perdre patience à une huître !

— Mon Dieu, comme j'aimerais que Dinah soit là ! s'exclama Alice à voix haute, ne s'adressant à personne en particulier. Elle la ramènerait en moins de deux !

— Et qui est Dinah, si je puis me permettre ? demanda le Lori.

Alice répondit avec enthousiasme, car elle était toujours prête à parler de son animal de compagnie :

— Dinah est notre chatte. Et elle est tellement forte pour attraper les souris, tu n'as pas idée ! Et, oh, il faudrait que tu la voies quand elle chasse des volatiles ! Elle dévore un petit oiseau en un clin d'œil !

Ce discours fit sensation dans l'assistance. Certains oiseaux filèrent sur-le-champ ; une vieille Pie commença à se couvrir avec beaucoup de précaution, lançant cette remarque :

— Je devrais vraiment rentrer à la maison ; l'air frais de la nuit ne plaît pas à ma gorge !

Puis un Canari dit à ses enfants d'une voix tremblante :

— Venez, mes chéris ! Vous devriez être au lit depuis longtemps !

Tous s'en allèrent sous divers prétextes, et Alice se retrouva rapidement seule.

— Je n'aurais pas dû mentionner Dinah ! se dit-elle avec mélancolie. Personne ne semble l'apprécier ici-bas, et je sais que c'est la meilleure chatte au monde ! Oh, ma chère Dinah ! Je me demande si je te reverrai un jour !

À ce moment-là, Alice recommença à pleurer, car elle se sentait très seule et abattue. Cependant, quelques instants plus tard, elle entendit de nouveau des bruits de petits pas au loin ; elle leva brusquement les yeux, espérant quelque peu que la Souris avait changé d'avis et qu'elle revenait pour terminer son histoire.

IV
Le Lapin missionne un petit Bill

Le Lapin Blanc revint en trottinant lentement et regardait partout autour de lui sur son chemin, comme s'il avait perdu quelque chose ; puis elle l'entendit se marmonner à lui-même :

— La Duchesse ! La Duchesse ! Oh, mes pauvres petites pattes ! Oh, par mes moustaches ! Elle va me faire exécuter, aussi sûr que des furets sont des furets ! Où ai-je bien pu les faire tomber ? Je me le demande !

Alice devina rapidement qu'il recherchait l'éventail et la paire de petits gants blancs ; elle commença alors très volontiers à les chercher, mais ne les vit nulle part. Tout paraissait avoir changé depuis sa baignade dans la mare, et le grand vestibule, avec la table en verre et la petite porte, avaient totalement disparu.

Très vite, le Lapin remarqua Alice alors qu'elle était en pleine recherche, puis l'interpella d'un ton furieux :

— Eh bien, Mary Ann, que faites-vous donc ici ? Courez à la maison tout de suite et rapportez-moi une paire de gants et un éventail ! Vite, tout de suite !

Alice fut tant effrayée qu'elle se mit à courir sur-le-champ dans la direction qu'il pointait, sans essayer d'expliquer la confusion de ce dernier.

— Il m'a prise pour sa bonne, se dit-elle lors de sa course. Comme il sera surpris lorsqu'il découvrira qui je suis ! Mais je ferais mieux de lui apporter son éventail et ses gants – enfin, si j'arrive à les trouver.

Sur ces paroles, elle arriva devant une petite maison très soignée. Sur la porte trônait une plaque de cuivre étincelant ; le nom « L. BLANC » y était gravé. Elle entra sans frapper et se hâta en haut des escaliers, redoutant qu'elle ne rencontre la vraie Mary Ann et ne soit éjectée de la maison avant d'avoir pu trouver l'éventail et les gants.

— Comme c'est étrange de recevoir des ordres d'un lapin ! se dit Alice. Bientôt, ce sera Dinah qui m'en donnera !

Puis elle commença à imaginer le genre de choses qui pourraient arriver :

— « Mademoiselle Alice ! Venez ici tout de suite, et préparez-vous pour votre balade ! » « J'arrive tout de suite, Mademoiselle ! Il faut juste que je vérifie que la souris ne sorte pas. » Cela dit, je doute qu'ils laisseraient Dinah rester dans la maison si elle commençait à nous donner des ordres de cette façon !

À la fin de sa rêverie, elle était arrivée dans une minuscule chambre bien rangée, avec une table près de la fenêtre, et sur cette dernière se trouvaient (comme elle l'avait espéré) un éventail et deux ou trois paires de petits gants blancs. Elle prit l'éventail et une paire de gants, et était sur le point de sortir de la pièce lorsqu'elle aperçut une petite bouteille posée à côté du miroir. Cette fois-ci, il n'y avait pas écrit « BUVEZ-MOI » ; néanmoins, elle la déboucha et la porta à ses lèvres.

— Quand je mange ou bois quoi que ce soit, je sais que *quelque chose* d'intéressant se produira à coup sûr ; donc je vais simplement voir ce que cette bouteille va produire comme effet, se dit-elle. J'espère qu'elle me fera grandir à nouveau, parce que je commence à en avoir marre d'être aussi minuscule !

Hélas ! il était trop tard pour espérer cela ! Elle continua à grandir, grandir… et bientôt, elle dut s'agenouiller sur le sol. Un instant plus tard, elle n'avait même plus assez d'espace pour tenir dans la chambre, donc elle essaya de s'allonger, un coude contre la porte et l'autre bras enroulé autour de sa tête. Mais elle poursuivait encore sa croissance, et, comme dernier recours, elle passa un bras à travers la fenêtre et un pied dans la cheminée. Elle se dit ensuite :

— Dans tous les cas, je ne peux rien faire de plus, maintenant. Que *diantre* vais-je devenir ?

Heureusement pour Alice, la petite bouteille magique avait intégralement apporté son effet, et elle s'arrêta de grandir ; mais la situation était tout de même très inconfortable, et comme il semblait n'y avoir aucune chance qu'elle puisse un jour sortir de cette chambre, il n'y avait rien d'étonnant à ce qu'Alice soit triste.

« C'était bien mieux à la maison », pensa la pauvre Alice. « Là-bas, personne ne passe son temps à grandir et rapetisser, ni à recevoir des ordres de souris et de lapins. Je souhaiterais presque n'avoir jamais sauté dans ce terrier... et pourtant... et pourtant... c'est assez curieux, vous savez, ce train de vie ! Je me demande vraiment ce qui aurait pu m'arriver ! Quand je lisais des contes de fées, j'imaginais que ce genre de choses n'arrivaient jamais ; et maintenant, je me trouve au milieu d'une de ces histoires ! On devrait écrire un livre sur moi, c'est certain ! Et quand je serai grande, j'en écrirai un. Mais... je suis grande, maintenant », ajouta-t-elle d'un ton attristé. « En tout cas, il n'y a plus de place pour continuer à grandir, *ici*. Mais alors, je ne serai *jamais* plus âgée que je ne le suis aujourd'hui ? » se demanda Alice. « D'un côté, ce serait une bonne chose – ne jamais être vieille – mais d'un autre, j'aurais toujours des leçons à apprendre ! Oh, ça ne me plairait pas *du tout* ! Oh, stupide Alice ! » se répondit-elle. « Comment pourrais-tu apprendre des leçons ici ? Voyons, il y a à peine assez de place pour toi, et aucune pour des manuels ! »

Elle poursuivit ainsi, prenant un parti, puis l'autre, créant presque une conversation entre les deux ; mais après quelques minutes, elle entendit une voix provenant de l'extérieur et s'arrêta de parler pour écouter.

— Mary Ann ! Mary Ann ! appela la voix. Apportez-moi mes gants sur-le-champ !

Puis des bruits de petits pas se firent entendre dans les escaliers. Alice savait que c'était le Lapin qui venait la chercher. Elle trembla jusqu'à secouer la maison, oubliant complètement qu'elle était à présent environ vingt fois plus grande que le Lapin et qu'elle n'avait donc aucune raison d'avoir peur de lui.

Bientôt, le Lapin atteignit la porte et essaya de l'ouvrir ; mais, alors que la porte s'ouvrait vers l'intérieur, et que le coude d'Alice était pressé tout contre elle, sa tentative fut un échec. Alice l'entendit se dire à lui-même :

— Soit, je vais faire le tour et rentrer par la fenêtre.

« Oh que non ! » pensa Alice.

Après avoir attendu jusqu'à ce qu'elle ait l'impression d'entendre le Lapin juste sous la fenêtre, elle étendit soudainement sa main et l'agita dans le vent. Elle n'attrapa rien, mais elle entendit un petit cri perçant suivi d'une chute et d'un bruit de verre brisé ; elle en conclut qu'il était tout à fait possible qu'il soit tombé sur une charpente en concombres, ou quelque chose de ce genre.

Ensuite, une voix furieuse s'éleva – celle du Lapin :

— Pat ! Pat ! Où êtes-vous ?

Puis une voix qu'elle n'avait encore jamais entendue répondit :

— Je suis là, pour sûr ! Je creuse pour les pommes, votre Honneur !

— Vous creusez pour les pommes, évidemment ! dit le Lapin avec colère. Venez ici et aidez-moi à sortir *ça* !

(Nouveaux bruits de verre brisé.)

— Dites-moi, Pat, qu'est-ce que c'est que ça, à la fenêtre ?

— Pour sûr, c'est *un'bras*, votre Honneur !

(Il le prononça : « embra ».)

— Un bras, andouille ! Qui en a déjà vu un de cette taille ? Parbleu, il remplit toute la fenêtre !

— En effet, pour sûr, votre Honneur ; mais en tout cas, c'est un bras.

— Eh bien, en tout cas, il n'a rien à faire là ; va et enlève-le !

Il y eut un long silence après cela, et Alice n'entendait que des murmures par-ci par-là, comme : « Pour sûr, j'aime pas ça, votre Honneur, mais alors pas du tout, du tout ! » « Faites ce que je vous dis, espèce de trouillard ! ». Alice finit par étendre sa main à nouveau, puis retenta d'attraper quelque chose. Cette fois-ci, il y eut deux petits cris stridents, et encore des bruits de verre brisé.

« Combien de charpentes en concombres il doit y avoir ! » pensa Alice. « Je me demande ce qu'ils vont faire ensuite ! Quant à me tirer hors de la fenêtre, je ne peux qu'espérer qu'ils y arrivent ! Je suis certaine de ne pas vouloir rester ici plus longtemps ! »

Elle attendit quelques instants sans rien entendre de plus ; finalement, elle perçut un grondement de roulettes et bon nombre de voix qui parlaient toutes en même temps. Elle distingua ces mots : « Où est l'autre échelle ? – Eh bien, je ne devais en apporter qu'une seule ; c'est Bill qui a l'autre – Bill ! Amenez-la ici, mon garçon ! – Ici, mettez-les dans ce coin – Non, attachez-les ensemble d'abord – Elles ne sont même pas encore à moitié assez hautes ! – Oh ! Cela suffira bien ; ne soyez pas tatillon – Ici, Bill ! Attrapez cette corde – Le toit va-t-il le supporter ? – Faites attention à cette ardoise qui glisse – Oh, elle tombe ! Tous à couvert ! » *(Un lourd fracas.)* « Bon, qui a fait ça ? – C'était Bill, je crois – Qui va descendre dans la cheminée ? – Non, pas moi ! Toi ! – Oh que non ! – Bill va descendre – Allez, Bill ! Le maître dit que tu vas descendre dans la cheminée ! »

— Oh ! Alors comme ça, Bill va descendre dans la cheminée ? se dit Alice. Les dégonflés, on dirait qu'ils mettent tout sur le dos de Bill ! Pour rien au monde je n'aimerais être à sa place. Cette cheminée est certainement très étroite ; mais je *pense* que je peux donner un petit coup de pied !

Elle retira son pied aussi loin de la cheminée qu'elle le put et attendit jusqu'à ce qu'elle entende un petit animal (elle ne put deviner de quelle sorte il s'agissait) griffer et s'activer dans la cheminée, au-dessus d'elle ; puis, se disant « Voilà Bill », elle donna un vif coup de pied et attendit de voir ce qui allait se passer ensuite.

La première chose qu'elle entendit fut un chœur général qui disait : « Voilà Bill ! », puis la voix du Lapin : « Attrapez-le, vous, à côté de la haie ! », puis un silence, avant un autre mélange confus de voix : « Tenez sa tête – Du Brandy, vite ! – Ne le faites pas s'étouffer – C'était comment, mon vieux ? Qu'est-ce qu'il vous est arrivé ? Racontez-nous tout ! »

Une faible voix aigüe finit par émerger (« C'est Bill », pensa Alice) :

— Eh bien, je ne sais pas trop – Ça suffit le Brandy, merci ; ça va mieux maintenant – mais je suis bien trop confus pour vous dire ce qu'il s'est passé – tout ce que je sais, c'est que quelque chose a foncé sur moi comme un petit diable, et j'ai été éjecté hors de la cheminée comme une fusée !

— Comme une fusée, c'est le mot juste, mon vieux ! dirent les autres.

— Nous devons brûler la maison ! s'exclama la voix du Lapin.

Alice hurla aussi fort qu'elle le put :

— Si vous faites ça, je lance Dinah à vos trousses !

Immédiatement, il y eut un silence de mort, et Alice pensa : « Je me demande ce qu'ils vont faire, maintenant ! S'ils avaient un peu de jugeote, ils retireraient le toit. »

Après une minute ou deux, ils recommencèrent à s'agiter, puis Alice entendit le Lapin affirmer :

— Une brouette devrait suffire, pour commencer.

« Une brouette de quoi ? » songea Alice.

Mais son doute ne dura pas longtemps, car un instant plus tard, une pluie de petits cailloux cliquetèrent contre la fenêtre, et quelques-uns la frappèrent au visage.

— Je vais arrêter cela, se dit-elle.

Puis elle hurla :

— Je vous conseille de ne pas recommencer !

Cette interjection entraîna un nouveau silence total.

Assez surprise, Alice remarqua que les cailloux se transformaient tous en petits gâteaux lorsqu'ils touchaient le sol, et une brillante idée la traversa.

« Si je mange un de ces gâteaux, il changera certainement ma taille, *d'une façon ou d'une autre* », pensa-t-elle. « Et comme il pourrait difficilement me faire encore plus grande, je présume qu'il me fera rétrécir. »

Elle avala donc un gâteau, et fut très heureuse de constater qu'elle commença à rapetisser instantanément. Dès qu'elle fut assez petite pour passer la porte, elle sortit de la maison en courant et se retrouva nez à nez avec une foule de petits animaux et d'oiseaux qui attendaient dehors. Le pauvre petit Lézard, Bill, était au centre du groupe, soutenu par deux cochons d'Inde qui lui donnaient à boire un liquide sortant d'une bouteille. Tous se ruèrent vers Alice à la seconde où elle apparut ; mais elle courut aussi vite que possible et se trouva bientôt en sécurité dans un bois épais.

— La première chose que je dois faire, c'est retrouver ma taille normale, se dit Alice alors qu'elle déambulait dans le bois. Et la deuxième chose sera de trouver mon chemin dans ce joli jardin. Je pense que c'est le mieux à faire.

Cela avait l'air d'un excellent plan, sans aucun doute, très soigneusement et simplement organisé. La seule difficulté était qu'elle n'avait pas la moindre idée de la façon dont elle allait le mettre à exécution ; et alors qu'elle regardait avec inquiétude tous les arbres autour d'elle, un petit aboiement aigu juste au-dessus de sa tête lui fit lever les yeux en toute hâte.

Un énorme chiot la regardait avec de grands yeux ronds ; il étira faiblement une patte et essaya de la toucher.

— Pauvre petite chose ! observa Alice d'un ton visant à l'amadouer.

Elle s'efforça de le siffler, mais elle était terriblement effrayée par la possibilité qu'il soit affamé ; dans ce cas-là, il serait probablement enclin à la manger, malgré toutes ses cajoleries.

Ne sachant guère ce qu'elle faisait, elle se saisit d'un petit bâton et le tendit au chiot ; à cet instant, ce dernier sauta dans les airs, toutes pattes dehors, en jappant de plaisir, se précipita sur le bâton et fit semblant de le mordiller. Puis Alice se faufila derrière un grand chardon, afin d'éviter d'être écrasée ; au moment où elle apparut de l'autre côté, le chiot fonça de nouveau vers le bâton et tomba tête la première dans sa précipitation. Après cela, pensant que c'était comme jouer avec un cheval de trait, s'attendant à se faire piétiner à tout moment, Alice courut de nouveau vers le chardon ; puis le chiot entama une série de petites charges à l'assaut du bâton, avançant peu et reculant beaucoup à chaque fois, et aboyant d'une voix rauque tout le long, jusqu'à ce qu'il finisse par s'asseoir assez loin, haletant, la langue pendante, les yeux à moitié clos.

Pour Alice, cela sembla être une bonne occasion pour s'échapper ; donc elle partit sur-le-champ et courut jusqu'à ce qu'elle soit fatiguée, hors d'haleine, et que l'aboiement du chiot soit assez lointain.

— Et pourtant, c'était un chiot si adorable ! s'exclama Alice, alors qu'elle s'appuyait contre un bouton d'or pour se reposer et s'éventait avec une feuille. J'aurais beaucoup aimé lui apprendre des tours si… si j'avais eu la bonne taille ! Oh, mon Dieu ! J'avais presque oublié que je dois grandir à nouveau ! Voyons voir… Comment faire ? Je suppose que je devrais manger ou boire quelque chose ; mais la grande question est : *quoi* ?

La grande question était en effet : « *Quoi* ? » Alice regarda tout autour d'elle : des fleurs et des brins d'herbe, mais rien qui ne ressemblait à une bonne chose à manger ou boire, vu les circonstances. Un grand champignon poussait près d'elle ; il faisait environ la même taille qu'elle. Lorsqu'elle eut regardé en dessous, ses deux côtés et derrière lui, il lui vint à l'esprit qu'elle pourrait aussi bien aller voir ce qu'il y avait à son sommet.

Elle s'étira sur la pointe des pieds et jeta un coup d'œil au-dessus du bord du champignon, puis ses yeux rencontrèrent immédiatement ceux d'une grande chenille, qui était assise à son sommet, les bras croisés, fumant calmement un long narguilé, et n'ayant conscience ni de la présence d'Alice ni de toute autre chose.

V
Conseils d'une Chenille

La Chenille et Alice se dévisagèrent en silence pendant un moment ; finalement, la Chenille retira le narguilé de sa bouche et s'adressa à elle d'une voix alanguie et léthargique :

— Qui êtes-*vous* ? demanda la Chenille.

Sa manière d'engager la conversation n'était pas très encourageante. Alice répondit un peu timidement :

— Je… À ce moment précis, je ne sais pas trop, Monsieur… Je sais au moins qui j'étais lorsque je me suis réveillée ce matin, mais je pense avoir changé de nombreuses fois depuis.

— Que voulez-vous dire par là ? enchaîna la Chenille d'un ton sévère. Expliquez-vous !

— J'ai bien peur de ne pouvoir *m*'expliquer, Monsieur, car je ne suis pas moi-même, vous comprenez, répondit Alice.

— Je ne comprends pas, répliqua la Chenille.

— Je crains de ne pouvoir être plus claire, s'excusa Alice avec une grande politesse. Tout d'abord car je ne le comprends pas moi-même ; et mesurer tant de tailles différentes en un seul jour est très déroutant.

— C'est faux, intervint la Chenille.

— Eh bien, peut-être n'avez-vous encore jamais eu cette impression, mais lorsque vous vous transformerez en chrysalide – cela vous arrivera un jour, vous savez – puis en papillon par la suite, je pense que vous trouverez cela un peu étrange, vous ne pensez pas ?

— Pas du tout, affirma la Chenille.

— Eh bien, peut-être que vous changerez d'avis, conclut Alice. Tout ce que je sais, c'est que, pour *moi*, ce serait très étrange.

— Vous ! s'exclama-t-elle avec dédain. Qui êtes-*vous* ?

Ce qui les ramena au début de leur conversation. Le fait que la Chenille formulât d'aussi courtes remarques agaçait légèrement Alice, donc elle se redressa et clama avec gravité :

— Je pense que vous devriez d'abord me dire qui *vous* êtes.
— Pourquoi ? demanda la Chenille.

Voilà une autre question déconcertante ; et comme Alice ne trouvait aucune raison valable et que la Chenille semblait être de mauvaise humeur, elle tourna les talons pour s'en aller.

— Revenez ! l'apostropha la Chenille. J'ai quelque chose d'important à vous dire !

Cela semblait tout à fait prometteur, donc Alice revint sur ses pas.

— Gardez votre sang-froid, dit la Chenille.
— C'est tout ? interrogea Alice en ravalant sa rage autant qu'elle le pouvait.
— Non, répliqua la Chenille.

Alice songea qu'elle pourrait tout aussi bien attendre, étant donné qu'elle n'avait rien d'autre à faire, et peut-être que l'insecte finirait par lui dire quelque chose qui en vaudrait la peine. Pendant quelques minutes, la Chenille prit des bouffées de son narguilé sans parler, mais elle finit par décroiser les bras et retirer le narguilé de sa bouche avant de dire :

— Vous pensez donc avoir changé, n'est-ce pas ?
— J'ai bien peur que oui, Monsieur, répondit Alice. Je ne me souviens plus des mêmes choses qu'avant, et je ne garde pas la même taille plus de dix minutes !
— Vous ne vous souvenez plus de *quelles* choses ? demanda la Chenille.
— Eh bien, j'ai essayé de réciter « Comment la petite abeille », mais tout m'est venu différemment ! s'exclama Alice d'une voix très mélancolique.
— Récitez « Vous êtes vieux, Père William », exigea la Chenille.

Alice croisa les mains et commença :

« Vous êtes vieux, Père William », dit l'éphèbe,
« Et vos cheveux sont devenus très blancs ;
Pourtant, vous vous tenez sans cesse sur votre tête…
Pensez-vous qu'à votre âge, ce soit bien prudent ? »

« Dans ma jeunesse », répondit Père William à son héritier,
« J'avais peur que cela endommage ma cervelle ;
Mais à présent que je suis sûr de ne pas en posséder,
Eh bien, je le fais tous les jours de plus belle. »

« Vous êtes vieux », dit le jeune, *« comme je l'ai déjà évoqué,*
Et vous êtes devenu exceptionnellement gros ;
Pourtant, un salto arrière vous fait passer la porte d'entrée…
Dites-moi, quelle logique à un tel numéro ? »

« Dans ma jeunesse », dit le sage, secouant ses mèches grisées,
« Mes membres ont gardé une grande souplesse
Grâce à l'application de cet onguent – à 1 shilling l'unité –
Me permettrais-tu de t'en vendre une ou deux caisses ? »

« Vous êtes vieux », dit le fils, *« et vos mâchoires sont trop fatiguées*
Pour quoi que ce soit de plus dur que de la graisse ;
Pourtant, de l'oie, des os et du bec vous n'avez fait qu'une bouchée…
Dites-moi, comment avez-vous réussi cette prouesse ? »

« Dans ma jeunesse », dit le père, *« j'étais avocat,*
Et avec ma femme je défendais chaque affaire ;
Et la force musculaire, que ma mâchoire développa,
A duré le reste de ma vie éphémère. »

« Vous êtes vieux », dit le jeune, *« personne ne supposerait*
Que votre œil serait aussi vif qu'autrefois ;
Pourtant, vous avez tenu une anguille en équilibre sur votre nez…
Qu'est-ce qui vous a rendu si épouvantablement adroit ? »

« J'ai répondu à trois questions, et cela suffit »,
Dit son père, *« nul besoin pour toi de fanfaronner !*
Crois-tu que je puisse écouter toute la journée de telles inepties ?
Va-t'en, ou je te pousse dans les escaliers ! »

— Ce n'est pas la bonne version, remarqua la Chenille.

— Pas vraiment la bonne, j'en ai bien peur, dit timidement Alice. Certains mots ont été transformés.

— C'est faux du début à la fin, asséna fermement la Chenille.

Un silence s'installa pendant quelques minutes.

Puis la Chenille fut la première à reprendre la parole.

— Quelle taille voulez-vous mesurer ? demanda-t-elle.

— Oh, je ne suis pas difficile, répondit hâtivement Alice. Une qui ne change pas si souvent me suffirait, vous comprenez.

— Non, je ne comprends pas, dit la Chenille.

Alice ne répondit rien ; on ne l'avait jamais autant contredite de sa vie, et elle sentait qu'elle était en train de perdre son sang-froid.

— Êtes-vous satisfaite, à présent ? demanda la Chenille.

— Eh bien, j'aimerais être *un peu* plus grande, si cela vous sied, Monsieur, dit Alice. Huit centimètres, c'est une taille assez pitoyable.

— C'est une très bonne taille, à n'en pas douter ! répliqua la Chenille avec colère en se redressant.

(Elle mesurait exactement huit centimètres.)

— Mais je n'en ai pas l'habitude ! plaida la pauvre Alice d'un ton pitoyable.

Puis elle pensa : « J'aimerais tant que ces créatures ne se vexent pas si facilement ! »

— Avec le temps, vous vous y habituerez, dit la Chenille avant de mettre le narguilé dans sa bouche et de recommencer à fumer.

Cette fois-ci, Alice attendit patiemment que l'insecte décide de parler à nouveau. Après une minute ou deux, elle retira le narguilé de sa bouche, bâilla une fois ou deux et se secoua. Puis elle descendit du champignon et s'éloigna en rampant dans l'herbe, lançant faiblement cette remarque dans sa course :

— Un côté vous fera grandir, et l'autre côté vous fera rapetisser.

« Un côté de *quoi* ? L'autre côté de *quoi* ? » pensa Alice.

— Du champignon, répondit la Chenille, comme si elle avait posé sa question à haute voix.

Un instant plus tard, la Chenille avait disparu.

Alice contempla le champignon pensivement un instant, essayant de deviner quels étaient ses deux côtés ; et comme il était parfaitement rond, elle trouva cette question très épineuse. Cependant, elle finit par tendre les bras et les enrouler autour du champignon, aussi loin qu'elle pouvait les placer, et arracha un bout de chaque bord avec chacune de ses mains.

— Et maintenant, quel morceau correspond à quoi ? se dit-elle avant de grignoter le bout qui se trouvait dans sa main droite pour en voir l'effet.

L'instant d'après, elle sentit un violent coup sous son menton ; il avait cogné son pied !

Elle fut extrêmement effrayée par ce changement très soudain, mais elle sentait qu'il n'y avait pas de temps à perdre, étant donné qu'elle rétrécissait très rapidement ; elle s'employa donc sur-le-champ à manger un peu de l'autre morceau. Son menton était tant pressé contre son pied qu'elle n'avait presque pas de place pour ouvrir la bouche. Mais elle finit par y arriver, et réussit à avaler un bout du morceau qu'elle tenait dans la main gauche.

***

— Waouh, ma tête est enfin libre ! s'exclama Alice avec une grande joie, qui se transforma rapidement en inquiétude lorsqu'elle constata qu'elle ne voyait ses épaules nulle part.

Tout ce qu'elle apercevait, en baissant les yeux, était un cou d'une longueur immense, qui semblait se dresser comme une tige au milieu d'une mer de feuilles vertes posées très loin en dessous d'elle.

— Que peuvent bien être toutes ces choses vertes ? s'interrogea Alice. Et où sont donc passées mes épaules ? Et, oh, mes pauvres mains, pourquoi ne puis-je vous voir ?

Elle les agitait tout en parlant, mais aucun résultat ne parut suivre, excepté une légère secousse parmi les feuilles vertes au loin.

Vu qu'apparemment, il n'y avait aucune chance qu'elle arrive à porter ses mains à sa tête, elle essaya de baisser cette dernière pour qu'elle les atteigne, et fut très heureuse de constater que son cou pouvait se tordre sans difficulté dans n'importe quelle direction, comme un serpent. Elle venait d'arriver à le courber de façon à obtenir un gracieux zigzag, et s'apprêtait à plonger dans le tas de feuilles, qu'elle découvrit n'être rien d'autre que la cime des arbres sous lesquels elle avait déambulé, lorsqu'un sifflement perçant la fit reculer précipitamment : un gros pigeon avait foncé sur son visage et la frappait violemment de ses ailes.

— Serpent ! hurla le Pigeon.

— Je ne suis *pas* un serpent ! s'exclama Alice avec indignation. Laissez-moi tranquille !

— Serpent, je le répète ! recommença le Pigeon, mais sur un ton plus contenu.

Puis il ajouta, avec comme un sanglot dans la voix :

— J'ai tout essayé, et rien n'a l'air de leur convenir !

— Je n'ai pas la moindre idée de quoi vous parlez, remarqua Alice.

— J'ai essayé des racines d'arbres, des berges, des haies, continua le Pigeon, sans lui prêter attention. Mais ces serpents ! Rien ne leur va !

Alice était de plus en plus perplexe, mais elle songea qu'il ne servait à rien de dire quoi que ce soit de plus avant que le Pigeon ait fini.

— Comme si ce n'était pas déjà assez compliqué de faire éclore les œufs, je dois en plus guetter les serpents nuit et jour ! se plaignit le volatile. Je n'ai pas fermé l'œil depuis trois semaines !

— Je suis vraiment désolée que vous ayez des ennuis, confia Alice, qui commençait à comprendre où elle voulait en venir.

— Et alors que je venais de choisir le plus grand arbre du bois, poursuivit le Pigeon, sa voix devenant un cri perçant, et alors que je pensais être enfin libérée de leur menace, à présent, ils tombent du ciel en se tortillant ! Argh, Serpent !

— Mais je vous dis que je ne suis pas un serpent ! assura Alice. Je suis une… une…

— Eh bien ! Qu'êtes-vous ? demanda le Pigeon. Je devine que vous essayez d'inventer quelque chose !

— Je suis… Je suis une petite fille, dit Alice avec hésitation, se rappelant les nombreux changements par lesquels elle était passée tout au long de la journée.

— Une histoire plausible, effectivement ! lança le Pigeon d'un ton empreint du plus profond mépris. J'ai vu bien des petites filles dans ma vie, mais jamais aucune avec un tel cou ! Non, non ! Vous êtes un serpent, inutile de le nier. Je suppose que maintenant, vous allez me dire que vous n'avez jamais goûté un œuf !

— J'en ai déjà mangé, bien entendu, dit Alice, qui était une enfant tout à fait honnête. Mais les petites filles mangent à peu près autant d'œufs que les serpents, vous savez.

— Je ne le crois pas, mais si c'est le cas, eh bien, elles sont un genre de serpent, c'est tout ce que je peux dire.

Cette idée était d'une telle nouveauté pour Alice qu'elle resta un instant silencieuse, ce qui donna au Pigeon l'occasion d'ajouter :

— Vous cherchez des œufs, *ça*, je le sais très bien ; alors quel intérêt pour moi de savoir si vous êtes une petite fille ou un serpent ?

— *Pour moi*, cela a un grand intérêt, objecta hâtivement Alice. Mais, en l'occurrence, je ne cherche pas d'œufs ; et même si c'était le cas, je ne voudrais pas les vôtres. Je ne les aime pas crus.

— Très bien, alors du vent ! lança le Pigeon d'un ton maussade en s'installant de nouveau dans son nid.

Alice s'accroupit entre les arbres autant qu'elle le put, car son cou continuait à s'enchevêtrer dans les branches ; de temps à autre, elle était contrainte de s'arrêter pour le dégager. Après un moment, elle se rappela qu'elle tenait toujours les morceaux du champignon dans ses mains ; elle se mit alors à l'œuvre, avec prudence. Alice grignota l'un, puis l'autre, alternant croissance et rapetissement, jusqu'à ce qu'elle réussisse à retrouver sa taille normale.

Elle n'avait pas mesuré la bonne taille pendant si longtemps qu'elle trouva d'abord cela étrange, mais quelques minutes suffirent pour qu'elle s'y habituât de nouveau, et elle commença à se parler à elle-même, comme d'habitude.

— Waouh, la première moitié de mon plan est accomplie, à présent ! Comme tous ces changements sont déroutants ! Je ne sais jamais avec certitude ce que je vais être d'une minute à l'autre ! En tout cas, j'ai retrouvé ma bonne taille. Maintenant, il va falloir que je me rende dans ce magnifique jardin – et comment *diantre* vais-je faire cela, d'ailleurs ?

Soudain, en disant cela, elle tomba par hasard sur une clairière, abritant une petite maison mesurant environ un mètre vingt.

— Qui que soient ceux qui vivent ici, il ne serait pas convenable de leur rendre visite avec *cette* taille, pensa Alice. Je pourrais leur faire la peur de leur vie !

Elle recommença donc à grignoter le morceau dans sa main droite, et ne s'aventura pas près de la maison avant de mesurer vingt-trois centimètres.

VI
Porc et Poivre

Elle fixa la maison des yeux pendant une minute ou deux, se demandant quoi faire à présent, lorsque, soudain, un valet de pied en uniforme émergea du bois en courant (elle le supposait être un valet de pied à cause de son uniforme ; si elle ne s'était fiée qu'à son visage, elle aurait seulement dit qu'il s'agissait d'un poisson), puis il frappa bruyamment à la porte avec son poing. Cette dernière fut ouverte par un autre valet de pied en uniforme, avec un visage rond et de grands yeux comparables à ceux d'une grenouille. Alice remarqua que ces deux valets avaient les cheveux poudrés, et ils formaient des boucles tout autour de leurs têtes. Elle fut très curieuse de savoir de quoi il était question, donc elle s'éloigna un peu du bois pour écouter ce qui se disait.

Le Valet de Pied-Poisson commença par sortir une immense lettre de sous son bras, presque aussi grande que lui, avant de la remettre à l'autre en disant d'un ton solennel :

— Pour la Duchesse. Une invitation de la part de la Reine pour une partie de croquet.

Le Valet de Pied-Grenouille répéta cette phrase sur le même ton, mais en changeant l'ordre de quelques mots :

— De la part de la Reine. Une invitation pour la Duchesse pour une partie de croquet.

Ensuite, ils s'inclinèrent tous deux très bas, si bas que leurs boucles s'emmêlèrent.

Alice rit si fort devant cette scène qu'elle dut repartir en courant dans le bois par crainte qu'ils l'entendent. Lorsqu'elle jeta à nouveau un coup d'œil, le Valet de Pied-Poisson était parti ; l'autre était assis sur le sol, près de la porte, fixant bêtement le ciel.

Alice se rendit timidement jusqu'à la porte, puis toqua.

— Nul besoin de frapper, dit le Valet de Pied, et ceci pour deux raisons : premièrement, parce que je me trouve du même côté de la porte que vous ; deuxièmement, parce qu'ils font tant de boucan à l'intérieur que personne ne vous entendra.

Effectivement, il y avait bien un raffut extraordinaire à l'intérieur – des hurlements et éternuements constants, et, de temps en temps, un grand fracas, comme si un plat ou une bouilloire avait été brisé en mille morceaux.

— Dans ce cas, comment puis-je rentrer, s'il vous plaît ? demanda Alice.

— Le fait que vous frappiez serait sans doute une chose sensée si la porte se trouvait entre nous, poursuivit le Valet de Pied sans se préoccuper de la question d'Alice. Par exemple, si vous vous trouviez *à l'intérieur*, vous pourriez frapper, et je pourrais vous laisser sortir, vous comprenez.

Il n'avait pas quitté le ciel des yeux pendant qu'il parlait ; Alice trouva cela vraiment impoli. « Mais peut-être qu'il ne peut s'en empêcher », se dit-elle. « Ses yeux sont si près du sommet de son crâne. Mais, dans tous les cas, il pourra sans doute répondre à mes questions. »

— Comment puis-je entrer ? répéta-t-elle à haute voix.

— Je vais rester assis ici jusqu'à demain… déclara le Valet de Pied.

À cet instant précis, la porte de la maison s'ouvrit, puis une grande assiette fendit l'air, fonçant droit sur la tête du Valet de Pied ; elle ne fit qu'érafler son nez avant de se briser en mille morceaux contre l'un des arbres derrière lui.

— … ou peut-être après-demain, poursuivit le Valet de Pied, sur le même ton, comme s'il ne s'était rien passé.

— Comment puis-je entrer ? redemanda Alice, plus fort.

— Devez-vous *vraiment* entrer ? répliqua le Valet de Pied. C'est là la première question, vous savez.

C'était effectivement le cas ; seulement, Alice n'aimait pas qu'on le lui dise ainsi.

— C'est vraiment épouvantable que toutes ces créatures discutent tout ce que je dis, murmura-t-elle. Il y a de quoi devenir fou !

Le Valet de Pied sembla considérer ce moment comme une bonne occasion de répéter sa remarque, avec quelques variations.

— Je vais rester assis ici par intermittence, pendant des jours.

— Mais *moi*, qu'est-ce que je fais ? demanda Alice.

— Tout ce que vous voulez, répondit le Valet de Pied avant de commencer à siffloter.

— Oh, lui parler ne sert à rien, conclut Alice, désespérée. Quel parfait idiot !

Puis elle ouvrit la porte et entra.

Cette dernière donnait directement sur une grande cuisine remplie de fumée. La Duchesse était assise sur un tabouret à trois pieds au milieu de la pièce, berçant un bébé ; la cuisinière était penchée au-dessus du feu et remuait le contenu d'un gros chaudron, qui semblait rempli de soupe.

— Il y a sans doute trop de poivre dans cette soupe ! se dit Alice, articulant comme le pouvait, car elle éternuait en continu.

Il y en avait sans doute bien trop dans l'air. Même la Duchesse éternuait de temps en temps ; concernant le bébé, il alternait entre éternuements et hurlements sans s'arrêter. Les seuls qui n'éternuaient pas étaient la cuisinière ainsi qu'un gros chat assis sur la cheminée et qui arborait un large sourire.

— S'il vous plaît, commença Alice, un peu timidement, car elle n'était pas certaine que parler la première était convenable. Pourriez-vous me dire pourquoi votre chat sourit comme cela ?

— C'est un chat du Cheshire, voilà pourquoi, répondit la Duchesse. Porc !

Elle prononça ce dernier mot avec une telle violence soudaine qu'Alice sursauta légèrement ; mais elle vit rapidement que cela s'adressait au bébé, et non à elle, donc elle continua :

— Je ne savais pas que les chats du Cheshire souriaient toujours ; en fait, j'ignorais que les chats *pouvaient* sourire.

— Ils en sont tous capables, et la plupart d'entre eux le font, l'informa la Duchesse.

— Je n'en connais aucun qui le fasse, dit Alice très poliment, plutôt ravie d'entamer une conversation.

— Vous ne connaissez pas grand-chose, c'est un fait, conclut la Duchesse.

Alice n'apprécia pas du tout le ton de sa remarque et pensa qu'il valait mieux changer de sujet. Alors qu'elle essayait d'en trouver un autre, la cuisinière retira le chaudron de soupe du feu, puis commença à jeter tout ce qui lui passait sous la main en direction de la Duchesse et du bébé : d'abord les accessoires de foyer, puis une pluie de casseroles, d'assiettes et de plats. La Duchesse ne les remarqua aucunement, même ceux qui la frappaient ; et le bébé hurlait déjà tellement qu'il était impossible de dire si les coups lui faisaient mal ou non.

— Oh, *je vous en prie*, faites attention à ce que vous faites ! hurla Alice, bondissant sans cesse, saisie d'une terreur infinie.

— Oh, et voilà son *pauvre* petit nez ! s'exclama-t-elle lorsqu'une casserole anormalement grosse vola près de ce dernier et qu'elle fut à deux doigts de l'arracher.

— Si chacun s'occupait de ses affaires, le monde tournerait bien plus vite qu'il ne le fait aujourd'hui, lança la Duchesse dans un grognement éraillé.

— Ce qui ne serait *pas* une bonne chose, répondit Alice, ravie d'avoir l'occasion d'étaler quelques-unes de ses connaissances. Pensez à l'impact que cela aurait sur le jour et la nuit ! Voyez-vous, la Terre met vingt-quatre heures pour tourner autour de son axe, sans relâche…

— En parlant de hache, coupez-lui la tête ! ordonna la Duchesse.

Alice jeta un œil assez inquiet vers la cuisinière, afin de voir si elle avait l'intention d'exécuter cet ordre, mais elle était occupée à remuer la soupe et semblait ne pas écouter ce qui se disait. Donc Alice reprit :

— Vingt-quatre heures, je *crois* ; ou est-ce douze ? Je…

— Oh, laissez-*moi* en paix, asséna la Duchesse. Je n'ai jamais pu supporter les chiffres !

Sur ces mots, elle recommença à bercer son enfant, lui chantant une sorte de berceuse alors qu'elle le nourrissait, et le secouant violemment à la fin de chaque vers :

« Parle durement à ton bébé,
Et frappe-le quand il éternue ;
Il le fait seulement pour t'énerver,
Car il sait que cela te tue. »

REFRAIN
(Auquel la cuisinière et le bébé se joignent)

« Waouh ! Waouh ! Waouh ! »

Lorsque la Duchesse chanta le deuxième couplet de la chanson, elle n'arrêta pas de remuer violemment le bébé dans tous les sens ; et la pauvre petite chose hurlait si fort qu'Alice arriva à peine à entendre ces mots :

« Je parle sévèrement à mon bébé,
Je le frappe quand il éternue ;
Car il peut pleinement apprécier,
Quand il le veut, le poivre qui s'insinue ! »

REFRAIN

« Waouh ! Waouh ! Waouh ! »

— Venez ! Vous pouvez le bercer un peu, si vous voulez ! dit la Duchesse à Alice en lui lançant le bébé au beau milieu de sa phrase. Je dois aller me préparer pour la partie de croquet avec la Reine.

Sur ces mots, elle se précipita hors de la pièce. La cuisinière lança une poêle dans sa direction lorsqu'elle sortit, mais elle la manqua de peu.

Alice tint le bébé avec quelque difficulté, étant donné qu'il s'agissait d'une petite créature étrangement formée et qu'il agitait les bras et les jambes dans toutes les directions, « comme une étoile de mer », pensa Alice. Le pauvre petit renâcla comme une machine à vapeur lorsqu'elle arriva à le tenir, et continua à se plier en deux puis à s'étirer de nouveau, si bien que pendant une minute ou deux, elle fit tout son possible pour l'empêcher de tomber.

Dès qu'elle eut trouvé la bonne façon de le tenir (qui consistait à l'enrouler dans une sorte de nœud et ensuite à tenir fermement son oreille droite et son pied gauche, afin que le fameux nœud ne se défasse pas), elle l'emmena au grand air.

« Si je n'emporte pas cet enfant avec moi, il est certain qu'ils le tueront dans un jour ou deux », pensa Alice.

— Le laisser derrière moi ne reviendrait-il pas à commettre un meurtre ?

Elle avait dit ces derniers mots à voix haute, et la petite chose grogna pour seule réponse (à ce moment-là, elle avait arrêté d'éternuer).

— Ne grogne pas, lui intima Alice. Ce n'est pas du tout une façon convenable de t'exprimer.

Le bébé grogna de nouveau, puis Alice examina son visage avec inquiétude, afin de savoir quel était le problème. Nul doute qu'il arborait un nez *extrêmement* retroussé, qui ressemblait bien plus à un groin qu'à un nez ; ses yeux étaient également très petits pour un bébé. En fin de compte, Alice n'aimait pas du tout l'apparence de cette chose.

« Mais, peut-être qu'il ne faisait que sangloter », pensa-t-elle avant de replonger son regard dans le sien, à la recherche d'éventuelles larmes.

Non, il n'y en avait aucune.

— Mon chéri, si jamais tu te changes en porc, je ne pourrai rien faire de plus pour toi. Fais bien attention !

Le pauvre petit sanglota de nouveau (ou grogna, c'était difficile à dire), puis ils restèrent tous deux silencieux pendant un moment.

Alice commençait alors à se dire : « Et maintenant, que vais-je faire de cette créature quand je la ramènerai à la maison ? » lorsqu'elle grogna de nouveau, si violemment qu'elle baissa les yeux sur son visage, avec quelque inquiétude. Cette fois-ci, impossible de s'y tromper : ce n'était rien d'autre qu'un porc, et elle comprit qu'il serait plutôt ridicule de le porter plus longtemps.

Elle posa donc la petite créature à terre et fut assez soulagée de la voir partir vers le bois en trottinant calmement.

— S'il avait grandi, il aurait été un enfant affreusement laid, mais il fait un porc plutôt beau, je pense, se dit-elle.

Après cela, elle commença à songer aux autres enfants qu'elle connaissait, qui feraient de très bons porcs ; elle se fit alors cette réflexion :

— Si seulement quelqu'un savait comment les changer en…

Puis elle sursauta légèrement à la vue du Chat du Cheshire, assis sur une branche d'un arbre situé à quelques mètres d'elle.

Le Chat ne sourit que lorsqu'il vit Alice. Cette dernière pensa qu'il avait l'air aimable ; cependant, il avait également de très longues griffes et bon nombre de dents, donc elle eut l'intuition qu'il devait être traité avec respect.

— Minet du Cheshire, commença-t-elle, assez timidement, ne sachant pas du tout s'il appréciait ce nom.

Toutefois, son sourire ne fit que s'élargir encore un peu. « Jusque-là, il a l'air content », pensa Alice, avant de poursuivre :

— S'il vous plaît, pourriez-vous me dire quel chemin je dois prendre ?

— Cela dépend majoritairement de l'endroit où vous souhaitez vous rendre, répondit le Chat.

— Peu m'importe l'endroit…

— Alors peu importe quel chemin vous empruntez, la coupa le Chat.

— … tant que j'arrive quelque part, ajouta Alice pour expliquer la première partie de sa phrase.

— Oh, vous êtes sûre d'y arriver si vous marchez assez longtemps.

Alice songea que cette affirmation ne pouvait être niée, donc elle essaya une autre question.

— Quelles sortes de personnes vivent ici ?

— Dans *cette* direction, indiqua le Chat en agitant sa patte droite arrondie, vit un Chapelier ; et dans *cette* direction, dit-il en agitant l'autre patte, vit un Lièvre de Mars. Allez rendre visite à l'un ou l'autre ; ils sont tous les deux fous.

— Mais je ne veux pas me retrouver avec des gens fous ! remarqua Alice.

— Oh, mais vous n'avez pas le choix, nous sommes tous fous ici. Je suis fou. Vous êtes folle.

— Comment savez-vous que je suis folle ? demanda Alice.

— Vous devez l'être, répondit le Chat. Sinon, vous ne seriez pas venue ici.

Alice ne considérait pas du tout cela comme une preuve ; néanmoins, elle poursuivit :

— Et comment savez-vous que vous êtes fou ?

— Pour commencer, un chien n'est pas fou. Vous me l'accordez ?

— Je présume que oui, concéda Alice.

— Bien, donc, vous voyez, un chien grogne lorsqu'il est en colère, et remue la queue lorsqu'il est content. *Moi*, je grogne lorsque je suis content, et remue la queue lorsque je suis en colère. Donc, je suis fou.

— Moi, j'appelle cela ronronner, et non grogner, intervint Alice.

— Appelez cela comme il vous plaira, conclut le Chat. Allez-vous jouer au croquet avec la Reine aujourd'hui ?

— J'aimerais beaucoup, mais je n'y ai pas encore été invitée.

— Vous me verrez là-bas, dit le Chat avant de disparaître.

Alice ne fut pas vraiment surprise ; elle commençait à s'habituer à ce que des choses étranges se produisent. Alors que son regard était posé à l'endroit où le Chat s'était trouvé, il réapparut soudainement.

— Au fait, qu'est-il advenu du bébé ? demanda le Chat. J'ai presque oublié de vous le demander.

— Il s'est changé en porc, répondit doucement Alice, comme s'il était revenu d'une façon tout à fait normale.

— Je pensais bien que cela arriverait, conclut le Chat, avant de disparaître de nouveau.

Alice patienta quelques instants, s'attendant plus ou moins à le voir réapparaître, mais ce ne fut pas le cas ; après une minute ou deux, elle se mit en route dans la direction où le Lièvre de Mars était supposé vivre.

— J'ai déjà vu des chapeliers par le passé, se dit-elle. Le Lièvre de Mars sera sans doute bien plus intéressant, et comme nous sommes au moi de mai, peut-être qu'il ne sera pas fou à lier – en tout cas pas aussi fou qu'il ne l'était en mars.

Disant cela, elle leva les yeux : le Chat était de nouveau là, assis sur une branche.

— Vous avez dit « porc » ou « cor » ? demanda le Chat.
— Porc, répondit Alice. Et j'aimerais bien que vous arrêtiez d'apparaître et disparaître si soudainement ; cela me donne le vertige.
— Très bien, acquiesça le Chat.

Cette fois-ci, il disparut assez lentement, commençant par le bout de sa queue et finissant par son sourire, qui resta visible quelques instants après que le reste de son corps avait disparu.

« Eh bien ! J'ai souvent vu un chat sans sourire, mais un sourire sans chat… ! C'est la chose la plus curieuse que j'ai vue de ma vie ! » pensa Alice.

Elle ne marcha pas bien longtemps avant d'apercevoir la maison du Lièvre de Mars ; elle supposa qu'il s'agissait de la sienne, car les cheminées avaient une forme d'oreilles et le toit était couvert de fourrure. Cette maison était si grande qu'elle ne s'en approcha pas plus avant d'avoir grignoté un petit morceau du champignon qu'elle tenait toujours dans sa main gauche ; elle atteignit alors une taille d'environ soixante centimètres. Mais même après cela, elle se dirigea avec peu d'assurance vers la maison, se disant :

— Et s'il était fou à lier, en fin de compte ! Je souhaiterais presque être allée voir le Chapelier à la place !

VII
Un thé de folie

Il y avait une table dressée sous un arbre devant la maison, et le Lièvre de Mars et le Chapelier y prenaient le thé ; un Loir était assis entre eux, profondément endormi, et les deux autres s'en servaient comme d'un coussin, reposant leurs coudes sur lui et parlant au-dessus sa tête. « Cela ne doit pas être une posture très confortable pour le Loir », pensa Alice. « Mais, comme il dort, je présume que cela ne le dérange pas. »

La table était grande, mais les compères étaient tous trois serrés dans un coin.

— Pas de place ! Pas de place ! s'écrièrent-ils lorsqu'ils virent Alice approcher.

— Il y a *beaucoup* de place ! s'exclama cette dernière d'un air indigné avant de s'asseoir dans un imposant fauteuil à un bout de la table.

— Prenez du vin, lui conseilla le Lièvre de Mars d'un ton encourageant.

Alice regarda l'intégralité de la table, mais il n'y avait rien d'autre que du thé.

— Je ne vois pas de vin, remarqua-t-elle.

— Il n'y en a pas, observa le Lièvre de Mars.

— Alors il n'était pas très poli de votre part de m'en proposer, pesta Alice.

— Il n'était pas très poli de votre part de vous asseoir sans être invitée, répliqua le Lièvre de Mars.

— J'ignorais que c'était *votre* table, dit Alice. Elle est prévue pour bien plus de trois personnes.

— Vous avez besoin d'une coupe de cheveux, lança le Chapelier.

Il avait observé Alice un certain temps, avec une grande curiosité, et c'était la première fois qu'il ouvrait la bouche.

— Vous devriez apprendre à ne pas formuler des commentaires personnels, remarqua Alice d'un ton assez sévère. C'est très grossier.

Le Chapelier ouvrit grand les yeux en entendant cela ; mais voici tout ce qu'il dit :

— Pourquoi un corbeau ressemble-t-il à un bureau ?

« Ah, nous allons nous amuser un peu ! » pensa Alice. « Je suis heureuse qu'ils me posent des devinettes. »

— Je pense que je peux trouver, ajouta-t-elle à voix haute.

— Voulez-vous dire que vous pensez pouvoir trouver la réponse à cela ? demanda le Lièvre de Mars.

— Tout à fait, assura Alice.

— Dans ce cas, vous devriez dire ce que vous voulez dire, poursuivit le Lièvre.

— C'est ce que je fais, répondit hâtivement Alice. Enfin… au moins, je veux dire ce que je dis – c'est la même chose, vous savez.

— Ce n'est en rien la même chose ! s'exclama le Chapelier. Vous pourriez aussi bien dire que « je vois ce que je mange » est la même chose que « je mange ce que je vois » !

— Vous pourriez aussi bien dire que « j'aime ce que j'ai » est la même chose que « j'ai ce que j'aime » ! ajouta le Lièvre de Mars.

— Vous pourriez aussi bien dire que « je respire quand je dors » est la même chose que « je dors quand je respire » ! surenchérit le Loir, qui parlait visiblement dans son sommeil.

— C'est *bien* la même chose pour toi, conclut le Chapelier à l'attention du Loir, ce qui mit fin au débat.

Les convives restèrent silencieux pendant une minute, alors qu'Alice pensait à tout ce dont elle pouvait se souvenir à propos des corbeaux et des bureaux ; c'est-à-dire pas grand-chose.

Le Chapelier fut le premier à rompre le silence.

— Quel jour du mois sommes-nous ? demanda-t-il en se tournant vers Alice.

Il avait sorti sa montre de sa poche et la regardait d'un air inquiet, la secouant de temps à autre et la portant à son oreille.

Alice réfléchit un instant avant de répondre :

— Le 4.

— Elle est décalée de deux jours ! soupira le Chapelier. Je t'avais dit que le beurre ne ferait pas bon ménage avec les rouages ! s'exclama-t-il avec colère à l'attention du Lièvre de Mars.

— C'était le *meilleur* beurre, répondit docilement ce dernier.

— Oui, mais quelques miettes s'y sont sûrement glissées, rouspéta le Chapelier. Tu n'aurais pas dû l'étaler avec le couteau à pain.

Le Lièvre de Mars prit la montre et l'observa d'un air sombre, puis il la trempa dans sa tasse de thé avant de reporter son regard sur elle ; mais il ne trouva rien de mieux à dire que sa première remarque :

— C'était le *meilleur* beurre, tu sais.

Alice regardait par-dessus son épaule, saisie de curiosité.

— Quelle drôle de montre ! remarqua-t-elle. Elle donne le jour du mois mais pas l'heure !

— Pourquoi le ferait-elle ? marmonna le Chapelier. *Votre* montre vous donne-t-elle l'année ?

— Bien sûr que non, répondit Alice sur-le-champ. Mais c'est parce que l'année reste la même pendant bien plus longtemps.

— Ce qui est également le cas pour la *mienne*, asséna le Chapelier.

Alice se sentit affreusement perplexe. La remarque du Chapelier ne paraissait avoir aucun sens, et pourtant, elle était formulée correctement.

— Je ne vous suis pas très bien, dit-elle aussi poliment que possible.

— Le Loir dort encore, remarqua le Chapelier avant de verser un peu de thé chaud sur le nez de ce dernier.

Le Loir secoua la tête avec impatience et dit, sans ouvrir les yeux :

— Bien sûr, bien sûr, c'est exactement ce que j'allais dire.

— Avez-vous déjà trouvé la solution de la devinette ? demanda le Chapelier en se tournant de nouveau vers Alice.

— Non, je donne ma langue au chat, répondit Alice. Quelle est la réponse ?

— Je n'en ai absolument aucune idée, dit le Chapelier.

— Moi non plus, ajouta le Lièvre de Mars.

Alice soupira avec lassitude.

— Je pense que vous pourriez mieux occuper votre temps qu'en le gaspillant à poser des devinettes qui n'ont aucune réponse.

— Si vous connaissiez le Temps aussi bien que moi, commença le Chapelier, vous ne diriez pas que vous *le* gaspillez. C'est *lui*.

— Je ne comprends pas ce que vous voulez dire, insista Alice.

— Bien entendu que vous ne comprenez pas ! s'exclama le Chapelier, remuant la tête avec dédain. J'ose prétendre que vous n'avez jamais ne serait-ce que parlé au Temps !

— Peut-être que non, répondit prudemment Alice. Mais je sais que je dois battre la mesure, représentant le temps, lorsque j'apprends la musique.

— Ah ! Ceci explique cela, répliqua le Chapelier. Il ne supporte pas d'être battu. Si vous étiez seulement en bons termes avec lui, il ferait presque tout ce qu'il vous plairait avec l'horloge. Par exemple, imaginez qu'il soit neuf heures du matin, pile l'heure pour commencer les cours ; vous n'auriez qu'à faire un léger signe au Temps, et les aiguilles feraient un tour en sens inverse en un clin d'œil ! Treize heures trente, l'heure du déjeuner !

(— J'aimerais tant que ce soit le cas, se dit le Lièvre de Mars dans un murmure.)

— Ce serait formidable, sans l'ombre d'un doute, répondit Alice, pensive. Mais alors... je n'aurais pas faim pour ce déjeuner, vous savez.

— Peut-être pas au début, admit le Chapelier. Mais vous pourriez demeurer à treize heures trente aussi longtemps que vous le souhaiteriez.

— Est-ce cela que *vous* faites ? demanda Alice.

Le Chapelier secoua tristement la tête.

— Pas *moi* ! lança-t-il. Nous nous sommes disputés en mars dernier – juste avant qu'il ne devienne fou, vous voyez…

Disant cela, il pointa sa petite cuillère en direction du Lièvre de Mars. Il poursuivit :

— C'était lors du grand concert donné par la Reine de Cœur, et je devais chanter :

« Brille, brille, petite chauve-souris !
Je me demande ce que tu poursuis ! »

Peut-être connaissez-vous cette chanson ?

— J'en ai déjà entendu une qui ressemblait à celle-ci, répondit Alice.

— Vous savez, elle continue comme cela :

« Au-dessus du monde volent tes ailes,
Comme un plateau à thé dans le ciel,
Brille, brille… »

À ce moment-là, le Loir remua et commença à chanter dans son sommeil :

— *Brille, brille, brille, brille…*

Il poursuivit son chant si longtemps qu'ils durent le pincer pour le faire arrêter.

— Alors, j'avais à peine terminé le premier couplet que la Reine se leva d'un bond et hurla : « Il assassine le temps ! Coupez-lui la tête ! », conta le Chapelier.

— C'est affreusement barbare ! s'exclama Alice.

— Et depuis ce jour, poursuivit le Chapelier d'un ton funèbre, il n'exauce plus rien que je lui demande ! Il est constamment dix-huit heures, à présent.

Alice fut frappée d'une idée lumineuse.

— Est-ce pour cette raison qu'il y a tant de théières, de tasses et de petites cuillères sur cette table ? demanda-t-elle.

— Exactement, soupira le Chapelier. C'est toujours l'heure du thé, et nous n'avons pas le temps de faire la vaisselle entre chaque.

— Donc, vous n'arrêtez pas de tourner autour de la table, je présume ? avança Alice.

— Tout à fait, dès que nous avons utilisé une tasse.

— Mais que se passe-t-il lorsque vous recommencez une nouvelle fois ? se risqua Alice.

— Je propose que nous changions de sujet, interrompit le Lièvre de Mars avec un bâillement. Cela me fatigue. Je vote pour que la demoiselle nous raconte une histoire.

— J'ai bien peur de n'en connaître aucune, confia Alice, saisie d'une légère inquiétude à cette suggestion.

— Alors le Loir ! hurlèrent les deux compères en chœur. Réveille-toi, Loir !

Ils le pincèrent des deux côtés en même temps.

Le Loir ouvrit lentement les yeux.

— Je ne dormais pas, dit-il d'une voix faible et enrouée. J'ai entendu chaque mot que vous avez dit.

— Raconte-nous une histoire ! exigea le Lièvre de Mars.

— Oh oui, je vous en prie ! le supplia Alice.

— Et une courte, ajouta le Chapelier. Sinon, tu vas te rendormir avant la fin.

— Il était une fois trois petites sœurs, commença hâtivement le Loir. Elles s'appelaient Elsie, Lacie et Tillie, et vivaient au fond d'un puits…

— Comment se nourrissaient-elles ? demanda Alice, qui était toujours extrêmement intéressée par les questions de nourriture et de boisson.

— Elles mangeaient de la mélasse, répondit le Loir après avoir réfléchi une minute ou deux.

— C'est impossible, vous savez, elles auraient été malades, remarqua Alice avec douceur.

— Elles l'étaient, affirma le Loir. Elles étaient *très* malades.

Alice essaya de s'imaginer quelle façon de vivre extraordinaire ce serait, mais cela la rendait très perplexe, donc elle poursuivit :

— Mais pourquoi vivaient-elles au fond d'un puits ?

— Prenez un peu plus de thé, lui conseilla très sérieusement le Lièvre de Mars.

— Je n'en ai pas encore eu, répondit Alice d'un ton offensé. Donc je ne peux pas en prendre plus !

— Vous voulez dire que vous ne pouvez pas en prendre *moins*, remarqua le Chapelier. Il est très facile de prendre *plus* que rien.

— Personne ne *vous* a demandé *votre* avis, le coupa Alice.

— Et qui fait des commentaires personnels, maintenant ? demanda triomphalement le Chapelier.

Alice ne trouva rien à répondre à cela ; donc elle se servit un peu de thé ainsi qu'une tartine beurrée, puis elle se tourna vers le Loir et répéta sa question.

— Pourquoi vivaient-elles au fond d'un puits ?

Le Loir réfléchit de nouveau une minute ou deux à cette question, puis répondit :

— C'était un puits de mélasse.

— Une telle chose n'existe pas ! commença Alice, d'un ton très énervé.

Mais le Chapelier et le Lièvre de Mars l'interrompirent :

— Chut !

Le Loir lança, boudeur :

— Si vous n'êtes pas capable de faire preuve de politesse, vous feriez mieux de terminer cette histoire vous-même.

— Non, je vous en prie, continuez ! le pria Alice humblement. Je ne vous interromprai plus. Je veux bien admettre qu'un puits de ce genre doit exister, *un seul*.

— Il en existe un, en effet ! s'indigna le Loir.

Malgré cette contrariété, il accepta de poursuivre l'histoire.

— Et donc, ces trois petites sœurs, elles apprenaient à dessiner, vous voyez…

— Que dessinaient-elles ? demanda Alice, oubliant allègrement sa promesse.

— De la mélasse, répondit le Loir, sans se formaliser de son interruption, cette fois-ci.

— Je veux une tasse propre, coupa le Chapelier. Décalons-nous tous d'une place.

Il amorça son mouvement tout en parlant, et le Loir le suivit ; le Lièvre de Mars s'assit à la place du Loir, et Alice prit le siège du Lièvre, à contrecœur. Le Chapelier était le seul à profiter du changement de place, et Alice se retrouvait dans pire situation qu'avant, car le Lièvre de Mars venait de renverser le pot à lait dans son assiette.

Alice ne souhaitait pas offenser le Loir une nouvelle fois, donc elle lui demanda, avec une grande prudence :

— Je ne comprends pas. Avec quoi dessinaient-elles la mélasse ?

— On peut dessiner de l'eau avec de l'eau sortie d'un puits, remarqua le Chapelier. Donc je suppose qu'on peut dessiner de la mélasse avec de la mélasse sortie d'un puits, n'est-ce pas, pauvre sotte ?

— Mais elles se trouvaient *dans* le puits, dit Alice au Loir, préférant ignorer les deux derniers mots du Chapelier.

— Bien sûr qu'elles étaient dans le puits. *Très* dans le puits.

Cette réponse embrouilla tellement la pauvre Alice qu'elle laissa le Loir poursuivre son récit sans l'interrompre pendant un certain temps.

— Elles apprenaient à dessiner, continua le Loir en bâillant et frottant ses yeux, ce dernier commençant à avoir grandement sommeil. Et elles croquaient toutes sortes de choses – tout ce qui commence par un P…

— Pourquoi un P ? demanda Alice.

— Pourquoi pas ? répondit le Lièvre de Mars.

Alice resta silencieuse.

Après cet échange, le Loir avait fermé les yeux et commençait à somnoler ; mais lorsqu'il fut pincé par la Chapelier, il se réveilla en poussant un petit cri perçant, puis poursuivit :

— … qui commence par un P, comme des pièges à souris, un plateau, le passé et la plusoyance – vous savez, on dit que les choses sont « plus d'une certaine plusoyance » – avez-vous déjà vu une telle chose que le dessin d'une plusoyance ?

— Eh bien… commença Alice, très confuse. Maintenant que vous le dites, je ne crois pas…

— Alors vous devriez vous taire, la coupa le Chapelier.

Avec cette impolitesse, Alice atteignit la limite de ce qu'elle était en mesure de supporter. Elle se leva, écœurée, et s'en alla. Le Loir s'endormit instantanément, et aucun des deux autres ne remarqua son départ, bien qu'elle se fût retournée une fois ou deux, espérant plus ou moins qu'ils lui diraient de revenir. La dernière fois qu'elle les vit, ils étaient en train d'essayer de mettre le Loir dans la théière.

— En tout cas, je ne reviendrai jamais ici ! s'exclama Alice en se frayant un chemin à travers le bois. C'est le thé le plus stupide auquel j'ai assisté de ma vie !

À ces paroles, elle remarqua que l'un des arbres possédait une porte, qui menait directement au cœur de ce dernier.

« C'est très curieux ! » pensa-t-elle. « Mais tout est curieux, aujourd'hui. Je suppose que je ferais mieux d'entrer sans tarder. »

Elle passa donc la porte.

Une fois de plus, elle se retrouva dans le grand vestibule, près de la petite table en verre.

— Bien, je vais mieux m'en sortir cette fois-ci, se dit-elle.

Elle commença par prendre la petite clé dorée et déverrouiller la porte qui menait au jardin, puis elle s'attela à grignoter le champignon (elle en avait gardé un bout dans sa poche) jusqu'à ce qu'elle mesure trente centimètres. Elle emprunta ensuite le minuscule passage ; et là, elle se retrouva enfin dans le magnifique jardin, parmi les parterres de fleurs éclatantes et les fontaines rafraîchissantes.

VIII

Le terrain de croquet de la Reine

Un grand rosier s'élevait près de l'entrée du jardin ; les roses qui y poussaient étaient blanches, mais trois jardiniers s'occupaient activement à les peindre en rouge. Alice trouva cela extrêmement curieux ; elle s'approcha pour les regarder, et lorsqu'elle s'arrêta à leur niveau, elle entendit l'un d'eux s'exclamer :

— Fais attention, Cinq ! N'envoie pas de la peinture sur moi comme ça !

— Je n'ai pas fait exprès, se justifia Cinq d'un ton maussade. Sept a cogné mon coude.

À ces mots, Sept leva les yeux et déclara :

— C'est ça, Cinq ! Il faut toujours rejeter la faute sur les autres !

— *Toi*, tu ferais mieux de te faire ! répliqua Cinq. Pas plus tard qu'hier, j'ai entendu la Reine dire que tu méritais de te faire couper la tête !

— Et pourquoi ? demanda celui qui avait parlé en premier.

— Ça, ce ne sont pas *tes* affaires, Deux ! dit Sept.

— Si, ce sont bien ses affaires ! le contredit Cinq. Et je vais le lui dire : c'était pour avoir apporté des bulbes de tulipe à la cuisinière au lieu de lui donner des oignons.

Sept laissa tomber son pinceau.

— Eh bien, de toutes les choses injustes… commença-t-il.

Il s'interrompit lorsque son regard se posa par hasard sur Alice, qui se tenait debout à les observer, puis il vérifia soudainement qu'aucune trace de peinture n'était visible sur lui. Les autres se retournèrent également, avant de tous s'incliner très bas.

— Pourriez-vous me dire pourquoi vous peignez ces roses ? demanda timidement Alice.

Cinq et Sept restèrent muets, mais regardèrent Deux. Ce dernier commença, à voix basse :

— Eh bien, voyez-vous, Mademoiselle, ce rosier aurait dû faire fleurir des roses *rouges*, et nous avons planté un rosier blanc par erreur ; si la Reine le découvrait, elle nous ferait tous couper la tête, vous comprenez. Donc, voyez-vous, Mademoiselle, nous faisons de notre mieux, avant sa venue, pour…

À cet instant, Cinq, qui regardait tout le jardin avec inquiétude, hurla :

— La Reine ! La Reine !

Les trois jardiniers se prosternèrent sur-le-champ, face contre terre. De nombreux pas se firent entendre ; Alice se retourna, impatiente de voir la Reine.

Tout d'abord, des soldats tenant des maillets apparurent : ils avaient tous la même silhouette que les trois jardiniers, rectangle et plate, les mains et les pieds à chaque angle. Ensuite vinrent les dix courtisans : leurs vêtements étaient couverts de diamants et ils marchaient deux par deux, tout comme les soldats. Ceux-là furent suivis par les enfants royaux : au nombre de dix, ces petits anges sautillaient joyeusement main dans la main, deux par deux, eux aussi, et étaient ornés de cœurs. Puis les invités se montrèrent, principalement des Rois et des Reines, et, parmi eux, Alice reconnut le Lapin Blanc : il parlait avec précipitation et nervosité, souriait à tout ce qui était dit et passa devant Alice sans même la remarquer. Le Valet de Cœur suivit, transportant la couronne du Roi sur un coussin en velours carmin. Enfin, pour terminer cet immense cortège, apparurent LE ROI ET LA REINE DE CŒUR.

Alice se demanda si elle devait se prosterner comme les trois jardiniers ou non, mais elle ne parvint pas à se souvenir d'avoir entendu une telle règle lors de cortèges. « En plus, quel serait alors l'utilité d'un cortège si tout le monde devait se trouver face contre terre ? Ils ne verraient rien », pensa-t-elle. Donc elle ne bougea pas et patienta.

Lorsque le cortège arriva en face d'Alice, ils s'arrêtèrent tous et la regardèrent. Alors, la Reine demanda d'un ton sévère :

— Qui est-ce ?

Elle s'adressait au Valet de Cœur, qui se contenta de s'incliner et de sourire en guise de réponse.

— Idiot ! s'exclama la Reine, secouant la tête d'impatience.

Puis elle se tourna vers Alice et reprit :

— Comment vous appelez-vous, mon enfant ?

— Alice, enchantée, votre Majesté, énonça-t-elle avec un grand respect.

Mais elle ajouta, pour elle seule : « Après tout, ce n'est qu'un paquet de cartes. Je n'ai pas à avoir peur d'eux ! »

— Et qui sont *ceux-là* ? demanda la Reine en désignant les trois jardiniers qui étaient prosternés autour du rosier.

Car, voyez-vous, étant donné que leurs visages étaient contre le sol, et que le motif dans leur dos était le même que le reste du paquet, elle était incapable de dire s'ils étaient des jardiniers, des soldats, des courtisans, ou trois de ses propres enfants.

— Comment le saurais-je ? répondit Alice, surprise de sa propre témérité. Ce ne sont pas *mes* affaires.

La Reine devint rouge de colère, puis, après avoir regardé la jeune fille comme une bête pendant un instant, elle hurla :

— Qu'on lui coupe la tête ! Qu'on lui coupe…

— N'importe quoi ! s'exclama Alice, d'une voix forte et ferme.

La Reine fut réduite au silence.

Le Roi posa une main sur son bras et lui conseilla timidement :

— Voyons, ma chère, ce n'est qu'une enfant !

La Reine se détourna furieusement de lui et ordonna au Valet :

— Retournez-les !

Ce que fit ce dernier d'un seul pied, avec une grande précaution.

— Relevez-vous ! leur intima la Reine d'une voix stridente et sonore.

Les trois jardiniers bondirent sur leurs pieds sans attendre et s'inclinèrent devant le Roi, la Reine, les enfants royaux et le reste des participants.

— Arrêtez cela ! hurla la Reine. Vous me donnez le vertige.

Puis, se tournant vers le rosier, elle reprit :

— Que *diantre* faisiez-vous là ?

— Pour vous plaire, votre Majesté, commença Deux, sur un ton très humble, genou à terre, nous essayions de…

— *Je* vois ! s'exclama la Reine, qui avait entre-temps examiné les roses. Coupez-leur la tête !

Le cortège se remit en route, excepté trois soldats, restés en arrière pour exécuter les pauvres jardiniers, qui se précipitèrent vers Alice pour qu'elle les protège.

— On ne vous coupera pas la tête ! affirma Alice, avant de les mettre dans un gros pot de fleurs non loin de là.

Les trois soldats errèrent pendant une ou deux minutes, procédant à leur recherche, puis suivirent doucement les autres.

— Leur avez-vous coupé la tête ? cria la Reine.

— Ils n'ont plus de tête, pour vous plaire, votre Majesté ! hurlèrent les soldats en guise de réponse.

— Très bien ! s'exclama la Reine. Savez-vous jouer au croquet ?

Les soldats silencieux regardèrent Alice, car il était évident que cette question s'adressait à elle.

— Oui ! cria Alice.

— Alors allons-y ! rugit la Reine.

Donc Alice se joignit au cortège, se demandant activement ce qui allait se passer ensuite.

— Il fait... Il fait très beau, aujourd'hui ! dit une voix timide à côté d'elle.

Elle marchait à côté du Lapin Blanc, qui jetait des coups d'œil inquiets vers son visage.

— En effet, continua Alice. Où est la Duchesse ?

— Chut ! Chut ! lui intima précipitamment le Lapin à voix basse.

Il regarda anxieusement par-dessus son épaule tout en parlant, se hissa sur la pointe des pieds, approcha sa bouche de l'oreille d'Alice, puis murmura :

— Elle est condamnée à mort.

— Quelle raison à cela ? demanda Alice.

— Avez-vous dit « Quel dommage ! » ? demanda le Lapin.

— Non, pas du tout, lui assura Alice. Je ne pense aucunement que cela soit dommage. J'ai dit : « Quelle raison à cela ? »

— Elle a frappé les oreilles de la Reine... commença le Lapin.

Alice éclata de rire.

— Oh, chut ! murmura le Lapin d'un ton effrayé. La Reine va vous entendre ! Voyez-vous, elle était arrivée un peu en retard, et la Reine a dit…

— À vos places ! hurla la Reine d'une voix de tonnerre.

Tout le monde commença à courir dans tous les sens, se heurtant les uns aux autres ; toutefois, ils s'immobilisèrent une ou deux minutes plus tard, puis le jeu démarra. Alice songea qu'elle n'avait jamais vu de sa vie un terrain de croquet aussi curieux : ce n'était que stries et sillons, les balles étaient des hérissons vivants, les maillets des flamants roses, et les soldats devaient se plier en deux et se tenir sur leurs mains et leurs pieds, pour former les arceaux.

La première difficulté à laquelle Alice fut confrontée consistait à gérer son flamant rose ; elle réussit à placer son corps sous son bras, dans une posture assez confortable, les pattes pendant dans le vide. Mais, en général, dès qu'elle arrivait à tendre son cou comme il le fallait et était sur le point de donner un coup au hérisson avec la tête de son flamant rose, ce dernier se tortillait et se positionnait à hauteur du visage d'Alice, affichant une expression si perplexe que cette dernière ne pouvait s'empêcher d'éclater de rire. Et lorsqu'elle arrivait à baisser sa tête pour recommencer la manœuvre, il était très énervant de constater que le hérisson n'était plus en boule et commençait à s'éloigner en rampant. En plus de tout cela, il y avait généralement une strie ou un sillon quel que soit l'endroit où elle voulait lancer le hérisson, et comme les soldats pliés passaient leur temps à se redresser et à partir pour d'autres endroits du terrain, Alice conclut rapidement qu'il s'agissait effectivement d'un jeu très difficile.

Les participants jouaient tous en même temps, sans attendre que leur tour vienne, se querellant sans cesse et se battant pour avoir les hérissons ; il ne fallut que peu de temps pour que la reine s'enflamme furieusement et parcoure le terrain en tapant du pied, hurlant : « Qu'on lui coupe la tête, à lui ! » ou « Qu'on lui coupe la tête, à elle ! », à peu près chaque minute qui passait.

Alice commença à se sentir effroyablement mal à l'aise ; il était vrai qu'elle ne s'était encore aucunement disputée avec la Reine, mais elle savait que cela pourrait arriver d'une minute à l'autre, « et alors », pensa-t-elle, « qu'adviendra-t-il de moi ? Ici, ils adorent couper la tête des gens, c'en est effrayant ; le plus incroyable, c'est que quelqu'un soit encore en vie ! »

Elle cherchait un moyen de s'échapper et se demandait si elle arriverait à s'éclipser sans être vue lorsqu'elle remarqua une apparition étrange en l'air : d'abord, cela l'intrigua grandement, mais après l'avoir observée une minute ou deux, elle reconnut un grand sourire. Elle se dit alors :

— C'est le Chat du Cheshire ! À présent, je vais pouvoir parler à quelqu'un.

— Comment vous en sortez-vous ? demanda le Chat dès que sa bouche fut assez dessinée pour pouvoir parler.

Alice attendit jusqu'à ce que les yeux apparaissent, puis hocha la tête. « Il ne sert à rien de lui répondre avant que ses oreilles n'arrivent, ou au moins l'une d'elles », pensa la petite fille. Quelques instants plus tard, toute sa tête apparut, puis Alice posa son flamant rose et commença à résumer la partie de croquet, extrêmement heureuse d'avoir quelqu'un qui l'écoutât. Le Chat parut penser qu'assez de sa personne était visible, donc son corps ne suivit pas.

— Je pense qu'ils ne jouent pas du tout dans les règles, commença Alice, sur un ton assez plaintif, et ils se disputent si fort qu'on ne s'entend plus parler... et ils n'ont pas l'air d'avoir quelque règle que ce soit ; en tout cas, s'il y en a, personne ne les respecte... et vous n'avez pas idée à quel point c'est déstabilisant que tous les éléments soient vivants ; par exemple, l'arceau que je devais viser s'est soudainement rendu à l'autre bout du terrain... et j'aurais dû dépasser le hérisson de la Reine à l'instant, mais il a couru lorsqu'il a vu le mien arriver !

— Que pensez-vous de la Reine ? interrogea le Chat à voix basse.

— Je ne l'aime pas du tout, trancha Alice. Elle a tellement...

À ce moment précis, elle remarqua que la Reine se tenait près d'elle, dans son dos, en train d'écouter ce qu'elle disait. Donc elle poursuivit :

— … de chances de gagner que cela ne vaut pas vraiment la peine de poursuivre la partie.

La Reine sourit et continua son chemin.

— À qui diantre parlez-vous ? demanda le Roi, se dirigeant vers Alice et observant la tête du Chat avec une grande curiosité.

— À un ami – un Chat du Cheshire, l'informa Alice. Permettez-moi de vous le présenter.

— Je n'aime pas du tout son apparence, lança le Roi. Néanmoins, il peut baiser ma main, s'il le souhaite.

— Je ne préfère pas, commenta le Chat.

— Ne soyez pas insolent, lui conseilla le Roi. Et arrêtez de me regarder de cette façon !

En disant cela, il alla se cacher derrière Alice.

— Un chat peut bien regarder un roi, dit Alice. J'ai lu cela dans un livre, mais je ne me rappelle pas où.

— Eh bien, cela devrait être retiré ! assura le Roi avec fermeté. Puis il appela la Reine, qui passait non loin de là :

— Ma chère ! J'aimerais que vous fassiez enlever ce chat !

La Reine n'avait qu'une seule façon de régler les problèmes, mineurs ou majeurs.

— Qu'on lui coupe la tête ! dit-elle sans même prendre la peine de se retourner.

— Je vais chercher le bourreau moi-même, s'enthousiasma le Roi avant de partir précipitamment.

Alice songea qu'elle ferait mieux de revenir sur le terrain et de voir comment se déroulait la partie, alors qu'elle percevait la voix de la Reine au loin, qui hurlait avec ferveur. Elle l'avait déjà entendue condamner trois joueurs à mort pour ne pas avoir attendu leur tour, et elle n'aimait pas du tout la tournure des évènements, car une telle confusion régnait sur le jeu qu'elle ne savait jamais si c'était à son tour de jouer ou non. Elle partit donc à la recherche de son hérisson.

Ce dernier était en train de se battre avec un autre, ce qui, pour Alice, sembla être une merveilleuse occasion d'en doubler un avec l'autre ; le seul problème était que son flamant rose était parti à l'autre bout du jardin, où Alice le voyait essayer désespérément de s'envoler vers la cime d'un arbre.

Le temps qu'elle attrape son flamant rose et le ramène, la querelle était terminée et les deux hérissons étaient introuvables. « Mais cela n'a pas vraiment d'importance », pensa Alice, « étant donné qu'aucun arceau ne se trouve plus de ce côté du terrain ».

Elle cala donc son flamant rose sous son bras, afin qu'il ne s'échappe plus, et revint vers son ami pour lui parler encore un peu.

Lorsqu'elle revint vers le Chat du Cheshire, elle fut surprise de trouver une foule assez importante regroupée autour de lui ; une dispute avait lieu entre le bourreau, le Roi et la Reine, qui parlaient tous en même temps, pendant que le reste des spectateurs restaient relativement silencieux et paraissaient très gênés.

À la seconde où Alice apparut, elle fut sollicitée par les trois protagonistes principaux pour régler la question ; ils lui répétèrent chacun leurs arguments, même si elle eut bien du mal à comprendre ce qu'ils disaient, étant donné qu'ils parlaient tous en même temps.

Le bourreau avançait qu'on ne pouvait couper une tête que lorsqu'il y avait un corps qui y était rattaché, qu'il n'avait jamais rien fait de tel auparavant et qu'il n'allait pas commencer *à son âge*.

Le Roi répliquait que tout ce qui avait une tête pouvait être décapité, et qu'il ne fallait pas dire n'importe quoi.

La Reine soutenait que si rien n'était fait à ce sujet en un rien de temps, elle ferait alors exécuter tout le monde, y compris ceux qui les entouraient (c'était cette dernière précision qui avait donné à la foule cet air grave et inquiet).

Alice ne trouva rien d'autre à dire que :

— Il appartient à la Duchesse ; vous feriez mieux de lui demander son avis *à elle*.

— Elle est en prison, dit la Reine au bourreau. Amenez-la ici.

Sur ces mots, le bourreau fila comme une flèche.

La tête du Chat commença à s'effacer dès qu'il partit, et lorsqu'il revint avec la Duchesse, il avait complètement disparu ; le Roi et le bourreau se mirent donc frénétiquement à sa recherche, tandis que les autres participants retournèrent à leur partie de croquet.

IX
L'histoire de la Simili-Tortue

— Vous ne pouvez imaginer comme je suis heureuse de vous revoir, très chère ! s'exclama la Duchesse en donnant affectueusement le bras à Alice avant qu'elles ne commencent à marcher ensemble.

Alice était ravie de la voir de si bonne humeur, et pensa que ce n'était peut-être que le poivre qui l'avait rendue si barbare lorsqu'elles s'étaient rencontrées dans la cuisine.

« Lorsque je *serai* duchesse », se dit-elle (d'un ton tout de même peu convaincu), « il n'y aura pas du tout de poivre dans ma cuisine. La soupe est très bonne sans… Peut-être est-ce le poivre qui rend les gens si colériques », poursuivit-elle, ravie d'avoir trouvé un nouveau genre de règle générale, « et le vinaigre les rend aigris… et la camomille les rend amers… et… et le sucre d'orge et d'autres choses de ce genre donnent un bon caractère aux enfants. J'aimerais bien que tout le monde sache cela ; alors ils ne seraient pas si avares de sucreries, n'est-ce pas… »

À cet instant, elle en avait presque oublié la Duchesse et sursauta légèrement lorsqu'elle entendit sa voix près de son oreille.

— Vous pensez à quelque chose, très chère, et cela vous fait oublier de parler. Je ne peux vous dire quelle est la morale ici, mais elle devrait me revenir sous peu.

— Peut-être qu'il n'y en a pas, se risqua à remarquer Alice.

— Tut-tut, mon enfant ! s'exclama la Duchesse. Tout a une morale, si vous arrivez à la trouver.

Elle se serra encore un peu plus contre Alice en disant cela.

La jeune fille n'appréciait pas vraiment d'être si près d'elle, premièrement car la Duchesse était très laide, et deuxièmement car elle faisait exactement la bonne taille pour poser son menton sur l'épaule d'Alice, et il s'agissait là d'un menton atrocement pointu. Néanmoins, elle ne voulait pas être désagréable, donc elle supporta cette situation du mieux qu'elle le put.

— La partie se déroule un peu mieux, maintenant, dit la petite fille, afin d'entretenir la conversation.

— C'est vrai, répondit la Duchesse. Et la morale est celle-ci : « Oh, c'est l'amour, c'est l'amour qui fait tourner le monde ! »

— Quelqu'un a dit qu'il tourne lorsque tout le monde se mêle de ses propres affaires ! murmura Alice.

— Ah, eh bien, cela veut plus ou moins dire la même chose, observa la Duchesse.

Elle enfonça un peu plus son petit menton pointu dans l'épaule d'Alice en ajoutant :

— Et la morale de cela est : « Prenez soin de la raison, et les sons prendront soin d'eux. »

« Elle aime tant trouver des morales à tout ! » pensa Alice.

— Je pense pouvoir affirmer que vous vous demandez pourquoi je ne passe pas mon bras autour de votre taille, avança la Duchesse après un instant de silence. La raison à cela est que j'ai peur du mauvais caractère de votre flamant rose. Dois-je tenter l'expérience ?

— Il pourrait vous mordre, répondit prudemment Alice, qui ne tenait pas du tout à tenter l'expérience.

— Tout à fait, concéda la Duchesse. Les flamants roses et la moutarde mordent tous les deux. Et la morale de ceci est : « Qui se ressemble s'assemble. »

— Mais la moutarde ne ressemble pas à un flamant rose, remarqua Alice.

— C'est exact, encore une fois, répondit la Duchesse. Quelle faculté avez-vous de présenter les choses clairement !

— C'est un minéral, je crois, avança Alice.

— Bien sûr que c'en est, confirma la Duchesse, qui semblait prête à s'accorder avec tout ce que disait Alice. Il y a une grande mine de moutarde près d'ici. Et la morale de cela est : « Il n'y a rien de si trompeur que la mine des gens. »

— Oh, je sais ! s'exclama Alice, qui n'avait pas fait attention à la dernière remarque de la Duchesse. C'est un végétal. Elle n'y ressemble pas, mais c'en est un.

— Je suis tout à fait d'accord avec vous, répondit la Duchesse. Et la morale à cela est : « Sois ce que tu parais être », ou, si vous préférez une version plus simple : « Ne t'imagine jamais être différente de ce qui pourrait paraître aux autres que ce que tu étais ou aurais pu être n'était pas différent de ce que tu as été qui pourrait leur paraître différent. »

— Je pense que je le comprendrais mieux si je l'avais écrit ; mais je n'arrive pas à vous suivre, dit poliment Alice.

— Ce n'est rien comparé à ce que je pourrais dire si je le souhaitais, répondit la Duchesse d'un ton satisfait.

— Je vous en prie, ne vous donnez pas la peine d'en dire plus.

— Oh, ne me parlez pas de peine ! lança la Duchesse. Je vous fais cadeau de tout ce que je vous ai dit jusqu'à présent.

« Voilà un présent bon marché ! » pensa Alice. « Une chance qu'ils n'offrent pas de tels cadeaux d'anniversaire ! » Mais elle ne s'aventura pas à le dire à voix haute.

— Vous pensez encore ? demanda la Duchesse, enfonçant encore son petit menton pointu.

— J'ai le droit de penser, répondit sèchement Alice, car elle commençait à être légèrement inquiète.

— Environ autant que les porcs ont le droit de voler, dit la Duchesse. Et la mora…

Mais à cet instant, à la grande surprise d'Alice, la voix de la Duchesse s'éteignit, même au milieu de son mot préféré, « morale », et le bras qui était soudé au sien commença à trembler. Alice leva les yeux : la Reine se tenait devant elles, les bras croisés, les sourcils si froncés qu'on pouvait dire que l'orage était proche.

— Quelle belle journée, votre Majesté ! commença la Duchesse d'une voix faible.

— À présent, je vous avertis, hurla la Reine, tapant du pied pendant son discours. Soit vous décampez d'ici, soit ce sera votre tête qui décampera de votre corps, et cela en un rien de temps ! Décidez-vous !

La Duchesse prit sa décision et fila sur-le-champ.

— Poursuivons la partie, dit la Reine à Alice.

La jeune enfant était bien trop effrayée pour dire ne serait-ce qu'un mot, donc elle la suivit lentement jusqu'au terrain de croquet.

Les autres invités avaient profité de l'absence de la Reine et se reposaient à l'ombre ; cependant, dès qu'ils la virent, ils revinrent au jeu en hâte, la Reine leur faisant simplement remarquer qu'un instant leur coûterait la vie.

Pas une seule fois pendant le jeu la Reine n'arrêta de se quereller avec les autres joueurs, ni de hurler : « Qu'on lui coupe la tête ! » Ceux qu'elle condamnait étaient emmenés en détention par les soldats, qui, bien entendu, devaient abandonner leur rôle d'arceaux pour ce faire, si bien qu'au bout d'environ une demi-heure, il ne restait plus aucun arceau, et tous les joueurs, sauf le Roi, la Reine et Alice, étaient en prison et condamnés à être exécutés.

Puis la Reine s'arrêta, essoufflée, et demanda à Alice :

— Avez-vous déjà vu la Simili-Tortue ?

— Non, répondit Alice. Je ne sais même pas ce qu'est une Simili-Tortue.

— C'est avec cela que l'on fait la Soupe de Simili-Tortue, l'informa la Reine.

— Je n'en ai jamais vu, ni même entendu parler, s'étonna Alice.

— Venez, dans ce cas, l'invita la Reine. Il vous racontera son histoire.

Alors qu'elles s'en allaient toutes deux, Alice entendit le Roi dire, à voix basse, à l'attention de tous les invités :

— Vous êtes tous pardonnés.

« Ah, *voilà* une bonne chose ! » se dit-elle, car elle avait été très attristée du nombre d'exécutions que la Reine avait ordonnées.

Elles atteignirent rapidement un Griffon qui était endormi, allongé au soleil (si vous ne savez pas à quoi ressemble un Griffon, allez en voir une image).

— Debout, fainéant ! ordonna la Reine. Emmène cette demoiselle voir la Simili-Tortue, pour qu'elle entende son histoire. Je dois repartir et m'occuper de quelques exécutions que j'ai ordonnées.

Sur ces mots, elle partit, laissant Alice seule avec le Griffon. Cette dernière n'aimait pas vraiment l'apparence de la créature, mais finalement, elle pensa qu'il était sûrement aussi prudent de rester avec elle que de suivre cette Reine barbare ; donc elle patienta.

Le Griffon se redressa en position assise, se frotta les yeux, puis il regarda la Reine jusqu'à ce qu'elle ait disparu ; ensuite, il gloussa.

— Amusant ! s'exclama le Griffon, à moitié pour lui-même et à moitié pour Alice.

— Qu'est-ce qui est amusant ? demanda la jeune fille.

— Eh bien, *elle*, répondit le Griffon. C'est dans sa tête, tout ça ; ils n'exécutent jamais personne, vous savez. Allez !

« Tout le monde dit "allez" ici », pensa Alice alors qu'elle le suivait lentement. « Je n'ai jamais reçu autant d'ordres de ma vie, jamais ! »

Ils n'eurent pas besoin d'aller bien loin pour apercevoir la Simili-Tortue au loin, assise, triste et seule, sur le rebord d'une petite pierre, et alors qu'ils s'approchaient de plus en plus, Alice l'entendit soupirer comme si son cœur allait se briser. Elle eut profondément pitié de lui.

— Pourquoi est-il triste ? demanda-t-elle au Griffon.

Ce dernier répondit, avec pratiquement les mêmes mots que la dernière fois :

— C'est dans sa tête, tout ça ; il n'est pas triste, vous savez. Allez !

Ils se dirigèrent donc vers la Simili-Tortue, qui les regarda avec de grands yeux remplis de larmes, mais ne dit rien.

— Cette demoiselle ici présente veut entendre ton histoire, pour sûr, annonça le Griffon.

— Je vais la lui raconter, répondit la Simili-Tortue d'un ton grave et sourd. Asseyez-vous, tous les deux, et ne dites pas un mot jusqu'à ce que j'aie terminé.

Ils s'assirent donc, et personne ne parla pendant quelques minutes. Alice pensa : « Je ne vois pas comment il pourrait *un jour* terminer s'il ne commence pas. » Mais elle attendit patiemment.

— Autrefois, j'étais une vraie Tortue, dit enfin la Simili-Tortue, avec un profond soupir.

Ces mots furent suivis par un très long silence, seulement brisé par des exclamations occasionnelles de la part du Griffon, des « Hjckrrh ! », ainsi que par les gros sanglots de la Simili-Tortue. Alice avait très envie de se lever et de dire : « Merci, Monsieur, pour votre histoire intéressante », mais elle ne pouvait s'empêcher de penser qu'il *devait* y avoir autre chose, donc elle ne bougea pas et ne dit rien.

— Lorsque nous étions petits, nous allions à l'école dans la mer, reprit enfin la Simili-Tortue, plus calmement, même s'il sanglotait toujours de temps en temps. Le maître était une vieille Tortue ; nous l'appelions Tortue Terrestre…

— Pourquoi l'appeliez-vous comme cela, s'il n'en était pas une ? demanda Alice.

— Parce qu'il nageait aussi lentement que sur terre, répliqua la Simili-Tortue avec colère. Vraiment, vous êtes extrêmement ennuyeuse !

— Vous devriez avoir honte de poser une question aussi évidente, ajouta le Griffon.

Puis, en silence, ils regardèrent la pauvre Alice, qui avait envie de disparaître dans le sol. Finalement, le Griffon dit à la Simili-Tortue :

— Continue, mon vieux ! Nous n'avons pas toute la journée !

La Simili-Tortue poursuivit en ces termes :

— Oui, nous allions à l'école dans la mer, même si vous pourriez ne pas le croire…

— Je n'ai jamais dit que je ne vous croyais pas ! l'interrompit Alice.

— Si, soutint la Simili-Tortue.

— Taisez-vous ! ajouta le Griffon avant qu'Alice n'ouvre de nouveau la bouche.

La Simili-Tortue continua :

— Nous reçûmes la meilleure des éducations – en fait, nous allions à l'école tous les jours…

— Je suis également allée dans un externat, remarqua Alice. Vous n'avez pas de raison d'être aussi fier.

— Avec des options ? demanda la Simili-Tortue, légèrement inquiète.

— Oui. Nous apprenions le français et la musique.

— Et la lessive ? interrogea la Simili-Tortue.

— Bien sûr que non ! s'exclama Alice avec indignation.

— Ah ! Alors la vôtre n'était pas une très bonne école, conclut la Simili-Tortue d'un ton qui trahissait un grand soulagement. Dans la *nôtre*, en bas du programme, il y avait écrit : « français, musique *et lessive* – options ».

— Cela ne devait pas vous servir à grand-chose, étant donné que vous viviez au fond de la mer, remarqua Alice.

— Je n'avais pas les moyens de prendre ces options, dit la Simili-Tortue dans un soupir. J'ai seulement suivi les cours élémentaires.

— En quoi consistaient-ils ? demanda Alice.

— Pour commencer, Enroulement et Tortillement, bien entendu, puis les différentes branches d'Arithmétique : Ambition, Distraction, Laidification et Dérision.

— Je n'ai jamais entendu parler de « Laidification », osa Alice. Qu'est-ce donc ?

De surprise, le Griffon leva ses deux pattes en l'air.

— Comment ! Jamais entendu parler de laidification ! s'exclama-t-il. Vous savez ce qu'est embellir, je présume ?

— Oui, répondit Alice, peu sûre d'elle. Cela veut dire… rendre… quelque chose… plus… beau.

— Bien, dans ce cas, si vous ne savez pas ce qu'est laidifier, alors vous *êtes* une nigaude.

Alice ne se sentit pas encouragée à poser d'autres questions à ce sujet, donc elle se tourna vers la Simili-Tortue et dit :

— Qu'aviez-vous d'autre à étudier ?

— Eh bien, il y avait l'Énigme, répondit la Simili-Tortue, comptant les sujets sur ses pattes. L'Énigme ancienne et moderne, avec de la Merographie ; puis du Traînage – le maître de

Traîneau était un vieux congre qui venait une fois par semaine : il nous apprenait le Traînage, l'Étirement et la Feinte en Spire.

— En quoi cela consistait-il ? demanda Alice.

— Eh bien, je ne peux pas vous montrer, répondit la Simili-Tortue. Je suis trop raide. Et le Griffon n'a jamais appris cela.

— Pas eu le temps, compléta le Griffon. J'ai étudié les Lettres Classiques, cela dit. C'était un vieux crabe, le maître, *pour sûr*. Toujours à nous serrer la pince.

— Je ne l'ai jamais eu en cours, soupira la Simili-Tortue. On dit qu'il enseignait le Rire et le Chagrin.

— En effet, en effet, répondit le Griffon en poussant un soupir à son tour.

Puis les deux créatures cachèrent leur visage dans leurs pattes.

— Et combien d'heures de cours aviez-vous dans une journée ? demanda Alice pour changer rapidement de sujet.

— Dix heures le premier jour, neuf le suivant, et ainsi de suite, répondit la Simili-Tortue.

— Quel programme étrange ! s'exclama Alice.

— C'est pour cette raison que cela s'appelle des cours, remarqua le Griffon. Parce qu'au fil des jours, ils sont de plus en plus courts.

Cela représentait une nouvelle idée dans la tête d'Alice ; elle y réfléchit quelques instants avant de servir sa remarque suivante.

— Donc le onzième jour devait être un jour de repos ?

— Bien sûr que c'en était un, confirma la Simili-Tortue.

— Et comment faisiez-vous le douzième jour ? continua Alice avec enthousiasme.

— Ça suffit avec les cours, interrompit le Griffon d'un ton très ferme. Parle-lui des jeux, maintenant.

X
Le Quadrille du Homard

La Simili-Tortue poussa un long soupir, puis passa le dos de sa patte sur ses yeux. Il regarda Alice et essaya de parler, mais pendant une minute ou deux, des sanglots étouffèrent sa voix.

— C'est comme s'il avait un os coincé dans la gorge, remarqua le Griffon.

Puis il secoua la Simili-Tortue et lui donna des tapes dans le dos. Finalement, il retrouva sa voix et, des larmes coulant sur ses joues, il reprit :

— Vous n'avez sans doute que peu vécu dans la mer…

(« En effet », dit Alice.)

— … et peut-être n'avez-vous même jamais rencontré un homard…

(Alice commença à dire : « J'en ai goûté un jou… », mais se reprit rapidement et dit : « Non, jamais. »)

— … donc vous ne devez pas connaître cette chose délicieuse qu'est le Quadrille d'un Homard !

— Non, en effet, reconnut Alice. De quelle sorte de danse s'agit-il ?

— Eh bien, intervint le Griffon, on forme d'abord une ligne le long du rivage…

— Deux lignes ! cria la Simili-Tortue. Des phoques, des tortues, des saumons, etc. Puis, lorsqu'on a enlevé toutes les méduses du chemin…

— Ce qui prend généralement un certain temps, interrompit le Griffon.

— … on avance de deux pas…

— Chacun avec un homard comme partenaire ! hurla le Griffon.

— Bien entendu, dit la Simili-Tortue. On avance de deux pas, on rejoint son partenaire…

— … on change de homards et on recule dans le même ordre, poursuivit le Griffon.

— Puis, vous savez, continua la Simili-Tortue, on jette les…

— Les homards ! cria le Griffon en bondissant en l'air.

— … dans la mer, aussi loin qu'on le peut…

— On nage jusqu'à eux ! hurla le Griffon.

— On fait un saut périlleux dans la mer ! s'exclama la Simili-Tortue en faisant d'impressionnantes cabrioles.

— On change encore de homards ! s'écria le Griffon aussi fort qu'il le put.

— On revient sur le rivage, et c'est tout pour la première figure, dit la Simili-Tortue, sa voix faiblissant soudainement.

Puis les deux créatures, qui n'avaient cessé de sauter dans tous les sens comme des fous pendant tout ce temps, se rassirent très calmement, avec un air triste, puis regardèrent Alice.

— Ce doit être une très belle danse, tenta timidement Alice.

— Voudriez-vous en voir une partie ? proposa la Simili-Tortue.

— J'aimerais beaucoup, assura Alice.

— Viens, essayons la première figure ! lança la Simili-Tortue au Griffon. On peut le faire sans homards, tu sais. Qui va chanter ?

— Oh, c'est toi qui chantes, dit le Griffon. J'ai oublié les paroles.

Donc ils commencèrent à danser solennellement autour d'Alice, écrasant ses orteils de temps à autre, lorsqu'ils passaient trop près d'elle, et agitant leurs pattes avant pour donner le tempo, alors que la Simili-Tortue chantait cela, avec lenteur et tristesse :

« Peux-tu marcher plus vite ? » demanda un merlan à un escargot,
« Un marsouin est derrière nous et il me marche sur la queue, le chameau !
Regarde avec quel enthousiasme les homards et les tortues avancent !
Ils attendent sur les galets – viens-tu rejoindre la danse ?
Viens-tu, ne viens-tu pas, viens-tu, ne viens-tu pas, viens-tu rejoindre la danse ?
Viens-tu, ne viens-tu pas, viens-tu, ne viens-tu pas, viens-tu rejoindre la danse ?

« Tu ne sais pas à quel point ce sera délicieux, petit vieillard,
Lorsqu'ils nous prendront et nous jetteront dans la mer avec les homards ! »
Mais l'escargot répondit : « Trop loin, trop loin ! » et regarda avec réticence…
Il dit qu'il remerciait le merlan, mais qu'il n'allait pas rejoindre la danse.
N'allait, ne pouvait, n'allait, ne pouvait, n'allait pas rejoindre la danse.
N'allait, ne pouvait, n'allait, ne pouvait, n'allait pas rejoindre la danse.

« Trop loin ? Quelle importance ? » répondit son écailleux allié.
« Il y a un autre rivage, tu sais, de l'autre côté.
Plus on s'éloigne de l'Angleterre, plus on se rapproche de la France…
Alors ne pâlis pas, cher escargot, et viens rejoindre la danse.
Viens-tu, ne viens-tu pas, viens-tu, ne viens-tu pas, viens-tu rejoindre la danse ?
Viens-tu, ne viens-tu pas, viens-tu, ne viens-tu pas, viens-tu rejoindre la danse ? »

— Merci, c'est une danse très intéressante à regarder, dit Alice, ravie que cela soit enfin fini. Et j'aime beaucoup cette étrange chanson à propos du merlan !

— Oh, concernant les merlans, dit la Simili-Tortue, ils… Vous en avez vu, bien entendu ?

— Oui, répondit Alice. Très souvent au dîn…

Elle se ressaisit rapidement.

— J'ignore où peut bien se trouver Dîn, mais si vous en avez vu si souvent, vous savez bien sûr à quoi ils ressemblent, supposa la Simili-Tortue.

— Il me semble, oui, répondit pensivement Alice. Ils ont leur queue dans la bouche – et ils sont couverts de chapelure.

— Vous avez tort sur ce point, intervint la Simili-Tortue. La chapelure s'enlèverait avec l'eau de la mer. Mais ils ont bien leur queue dans la bouche ; la raison à cela…

À cet instant, la Simili-Tortue bâilla et ferma les yeux.

— Dis-lui la raison et le reste, demanda-t-il au Griffon.

— La raison à cela, reprit le Griffon, est qu'ils *voulaient* se rendre à la danse avec les homards. Donc ils furent jetés dans la mer. Donc ils durent tomber loin. Donc ils mirent fermement leur queue dans leur bouche. Donc ils ne purent jamais les ressortir. C'est tout.

— Merci, c'est très intéressant, dit Alice. Je n'avais jamais entendu autant de choses sur les merlans auparavant.

— Je peux vous en dire encore davantage, si vous le souhaitez, lui proposa le Griffon. Savez-vous à quoi servent les merlans ?

— Je ne me suis jamais posé la question. À quoi servent-ils ?

— *À faire les bottes et les chaussures*, répondit le Griffon d'un ton très solennel.

Alice fut totalement perplexe.

— À faire les bottes et les chaussures ! répéta-t-elle sur un ton interrogateur.

— Voyons, avec quoi sont faites *vos* chaussures ? demanda le Griffon. Je veux dire, qu'est-ce qui les rend si luisantes ?

Alice baissa les yeux sur elles et réfléchit un instant avant de donner sa réponse.

— Du cirage, je crois.

— Dans la mer, les bottes et les chaussures sont lustrées avec un merlan, poursuivit le Griffon d'une voix profonde. Maintenant, vous le savez.

— Et de quoi sont-elles faites ? demanda Alice, sa voix trahissant une grande curiosité.

— La semelle en motelle et le talon en goujon, bien sûr, répondit le Griffon avec un soupçon d'impatience. N'importe quel bulot aurait pu vous le dire.

— Si j'avais été le merlan, dit Alice, qui songeait toujours aux paroles de la chanson, j'aurais dit au marsouin : « Recule, s'il te plaît, nous ne voulons pas de *toi* ! »

— Ils étaient obligés de l'avoir avec eux, l'informa la Simili-Tortue. Aucun poisson sain d'esprit n'irait où que ce soit sans un marsouin.

— Vraiment ? demanda Alice d'un ton très surpris.

— Bien sûr que oui. Voyez-vous, si un poisson venait me voir et me disait qu'il partait en voyage, je lui demanderais : « Avec quel marsouin ? »

— « Avec quel marsouin » ? Êtes-vous sûr de ne pas vouloir dire autre chose ? demanda Alice.

— Je veux dire ce que j'ai dit, répliqua la Simili-Tortue sur un ton offensé.

Le Griffon ajouta :

— Allez, écoutons quelques-unes de *vos* aventures.

— Je pourrais vous raconter mes aventures… mais à partir de ce matin, dit Alice avec une légère timidité. Inutile de remonter à hier, car j'étais alors une personne différente.

— Expliquez-nous cela, l'encouragea la Simili-Tortue.

— Non, non ! Les aventures d'abord, exigea le Griffon d'un ton impatient. Les explications prennent beaucoup trop de temps.

Donc Alice commença à raconter ses aventures depuis le moment où elle avait aperçu le Lapin Blanc. Au départ, elle était un peu nerveuse, car les deux créatures s'étaient rapprochées très près d'elle, un de chaque côté, et ouvraient leurs yeux et leur bouche très grands ; mais elle gagna en assurance au fil de son récit. Ses auditeurs demeurèrent totalement silencieux jusqu'à ce qu'elle arrive à la partie où elle récitait *Vous êtes vieux, Père William* à la Chenille, avec les mots qui venaient différemment de la version originale ; à cet instant, la Simili-Tortue poussa un long soupir et remarqua :

— C'est très étrange.

— On ne peut plus étrange, renchérit le Griffon.

— Toutes les paroles étaient différentes ! répéta pensivement la Simili-Tortue. J'aimerais l'entendre essayer de réciter quelque chose, à présent. Dis-lui de commencer.

Il regarda le Griffon comme s'il pensait qu'il avait quelque autorité sur Alice.

— Levez-vous et récitez « C'est la voix du flemmard », suggéra le Griffon.

« C'est fou comme les créatures donnent des ordres aux autres et leur font réciter des leçons ! » pensa Alice. « Je ferais tout aussi bien de me rendre à l'école sur-le-champ. »

Néanmoins, elle se leva et commença à réciter la comptine, mais le Quadrille du Homard tournait tant dans sa tête qu'elle avait à peine conscience de ce qu'elle disait, et les mots sortirent effectivement de façon très curieuse :

"C'est la voix du Homard, je l'entends annoncer :
« Vous m'avez trop grillé, je dois me sucrer. »
Comme un canard avec ses paupières, lui, avec son nez,
Arrange sa ceinture et ses boutons, puis ouvre en dehors ses doigts de pied."

Lorsque le sable est bien sec, il est gai comme un pinson,
Et parle du Requin sans cacher le dédain de son ton
Mais lorsque la marée monte, les requins revenant,
Sa voix n'est plus qu'un bruit timide et tremblant.

— C'est différent de ce que, *moi*, j'avais l'habitude de réciter lorsque j'étais petit, observa le Griffon.

— Eh bien, je ne l'avais jamais entendue auparavant, mais cela me paraît être d'une absurdité peu commune.

Alice ne répondit rien ; elle s'était assise, son visage enfoui dans ses mains, se demandant si quoi que ce soit se passerait de nouveau de façon normale *un jour.*

— J'aimerais bien que vous me l'expliquiez, suggéra la Simili-Tortue.

— Elle en est incapable, dit le Griffon avec hâte. Continuez, avec la deuxième strophe.

— Mais pour les doigts de pied ? persista la Simili-Tortue. Comment diantre pouvait-il les ouvrir en dehors avec son nez ? Vous comprenez ?

— C'est la première position en danse, répondit Alice.

Mais elle était extrêmement intriguée par toute cette histoire et avait hâte qu'ils changent de sujet.

— Continuez, avec la deuxième strophe, répéta le Griffon avec impatience. Elle commence par : « *Je passai dans son jardin* ».

Alice n'osa pas désobéir, même si elle était certaine que les mots seraient encore différents, et poursuivit d'une voix tremblante :

« *Je passai dans son jardin, et mes yeux remarquèrent*
Le partage d'une tarte entre la Chouette et la Panthère…

La Panthère prit la pâte, la viande et son jus,
Alors que la part de la Chouette se résumait au plat nu.
Une fois la tarte entièrement finie, la Chouette, quelle chance,
Fut autorisée à garder la cuillère d'une certaine luisance ;
Alors que la Panthère reçut un couteau et une fourchette en grognant,
Et conclut le banquet… »

— Quel est donc l'intérêt de répéter tout cela si vous ne l'expliquez pas au fur et à mesure ? l'interrompit la Simili-Tortue. C'est de loin la chose la plus déroutante que *j*'aie jamais entendue !

— Oui, je pense que vous feriez mieux d'arrêter, conseilla le Griffon.

Et Alice n'en fut que trop ravie.

— Devrions-nous essayer une autre figure du Quadrille du Homard ? poursuivit le Griffon. Ou aimeriez-vous que la Simili-Tortue vous chante une chanson ?

— Oh oui, une chanson, s'il vous plaît, si la Simili-Tortue aurait l'obligeance de m'en faire profiter, répondit Alice.

Elle dit cela avec un tel enthousiasme que le Griffon enchaîna :

— Ah, les goûts et les couleurs… ! Chante-lui *Soupe de Tortue*, tu veux bien, mon vieux ?

La Simili-Tortue poussa un profond soupir et commença, d'une voix parfois étouffée par des sanglots, à chanter ceci :

« Belle Soupe, si verte et à l'essence puissante,
Attendant dans une soupière brûlante !
Qui ne fondrait pas pour un tel mets dans une soucoupe ?
Soupe du soir, belle soupe !
Soupe du soir, belle soupe !
  Beee…lle Souuu…pe !
  Beee…lle Souuu…pe !
Souuu…pe du soiii…r,
  Belle, belle Soupe !

Belle Soupe ! Qui se soucie des barracudas,
Du gibier ou d'un autre plat ?
Qui n'échangerait pas tout cela, sans entourloupe,
Pour deux sous seulement de belle Soupe ?
Pour deux sous seulement de belle Soupe ?
   Beee…lle Souuu…pe !
   Beee…lle Souuu…pe !
Souuu…pe du soiii…r,
   Belle, be…LLE SOUPE ! »

— Encore le refrain ! hurla le Griffon.

Puis la Simili-Tortue avait à peine commencé à le répéter lorsqu'on entendit au loin une voix crier : « Que le procès commence ! »

— Allez ! s'exclama le Griffon.

Il prit Alice par la main et partit en toute hâte sans attendre la fin de la chanson.

— De quel procès s'agit-il ? demanda Alice dans sa course, hors d'haleine.

Mais le Griffon se contenta de répondre : « Allez ! », avant de courir encore plus vite. Puis, de plus en plus faibles, portés par la brise qui les suivait, les mots mélancoliques :

« Souuu…pe du soiii…r,
Belle, belle Soupe ! »

XI

Qui a volé les tartes ?

Lorsqu'ils arrivèrent, le Roi et la Reine de Cœur étaient assis sur leur trône, une grande foule rassemblée autour d'eux – toutes sortes de petits oiseaux et de bêtes, ainsi que tout le paquet de cartes : le Valet se tenait devant eux, menottes aux poignets, un garde de chaque côté pour le surveiller ; et près du Roi se trouvait le Lapin Blanc, une trompette dans une main, un rouleau de parchemin dans l'autre. Au milieu de la cour, il y avait une table, sur laquelle était posé un plat recouvert de tartes : elles avaient l'air si bonnes qu'Alice sentit la faim la tirailler en les voyant. « J'aimerais bien que le procès s'achève et qu'ils fassent circuler la collation ! » Mais, visiblement, il n'y avait aucune chance que cela se fasse, donc elle commença à regarder tout autour d'elle, pour faire passer le temps.

Alice ne s'était jamais rendue dans un tribunal auparavant, mais elle avait lu un certain nombre de choses à leur sujet dans des livres, et elle fut plutôt ravie de constater qu'elle connaissait le nom de presque tout ce qui se trouvait ici.

— Voici le juge, reconnaissable grâce à sa grande perruque, se dit-elle.

D'ailleurs, le juge était le Roi, et comme il portait sa couronne sur sa perruque (regardez le frontispice si vous voulez voir comment il faisait cela), il n'avait pas l'air à l'aise du tout, et cela n'était certainement pas convenable.

« Voilà le banc des jurés », pensa Alice, « et ces douze créatures » (elle était obligée de dire « créatures », voyez-vous, car certains d'entre eux étaient des animaux et d'autres des oiseaux) « sont les jurés, je présume. » Elle se répéta ce dernier mot deux ou trois fois, plutôt fière d'elle, car elle pensait, à juste titre, que très peu de filles de son âge connaissaient la signification de ce mot. Cependant, « membres du jury » aurait tout aussi bien fait l'affaire.

Les douze jurés écrivaient tous activement sur des ardoises.

— Que font-ils ? murmura Alice au Griffon. Pour l'instant, ils n'ont rien à écrire, le procès n'a pas encore commencé.

— Ils écrivent leur nom, chuchota le Griffon pour lui répondre. Ils ont peur de l'oublier avant la fin du procès.

— Stupides créatures !

Alice commença à dire cela d'une voix forte et indignée, mais elle s'arrêta de parler en toute hâte, car le Lapin Blanc hurla :

— Silence dans la salle !

Puis le Roi mit ses lunettes et regarda avec inquiétude autour de lui, pour trouver qui était en train de parler.

Alice pouvait voir, aussi bien que si elle regardait par-dessus leur épaule, que tous les jurés écrivaient « stupides créatures ! » sur leurs ardoises, et elle devina même que l'un d'entre eux ne savait pas comment écrire « stupides », et qu'il dut en demander l'orthographe à son voisin. « Il y aura une belle pagaille sur leurs ardoises avant même que le procès soit terminé ! » pensa Alice.

Le stylo de l'un des jurés crissait. Bien entendu, Alice trouvait cela insupportable ; elle fit le tour de la cour, se plaça derrière lui et saisit rapidement une occasion de le lui enlever. Elle le fit si vite que le pauvre petit juré (qui était Bill, le Lézard) ne put se figurer où il était passé ; donc, après l'avoir cherché partout, il fut contraint d'écrire avec son doigt le reste de la journée ; ce qui n'avait que peu d'utilité, étant donné qu'il ne laissait aucune trace sur l'ardoise.

— Messager, lisez les accusations ! ordonna le Roi.

Sur ce, le Lapin Blanc donna trois coups de trompette, puis déroula le parchemin et lut ceci :

« La Reine de Cœur, elle a fait des tartes,
Toutes réalisées une journée d'été,
Le Valet de Cœur, il a volé ces tartes,
Et les a toutes emportées ! »

— Prononcez votre verdict, dit le Roi aux jurés.

— Pas encore, pas encore ! interrompit hâtivement le Lapin. Il reste bien d'autres choses à voir avant !

— Appelez le premier témoin, ordonna le Roi.

Le Lapin Blanc donna trois coups de trompette et appela :

— Premier témoin !

Ce dernier était le Chapelier. Il entra avec une tasse à thé dans une main et une tartine beurrée dans l'autre.

— Je vous demande pardon, votre Majesté, d'apporter tout cela ; mais je n'avais pas encore fini mon thé lorsqu'on est venu me chercher, expliqua le Chapelier.

— Vous auriez dû avoir fini, s'étonna le Roi. Quand l'avez-vous commencé ?

Le Chapelier regarda le Lièvre de Mars, qui l'avait suivi dans le tribunal, bras dessus bras dessous avec le Loir.

— Le 14 mars, il me semble, dit-il.

— Le 15, corrigea le Lièvre de Mars.

— Le 16, ajouta le Loir.

— Écrivez cela, ordonna le Roi aux jurés.

Ces derniers écrivirent les trois dates avec empressement sur leurs ardoises, puis ils les additionnèrent et convertirent le résultat en shillings et en pennies.

— Ôtez votre chapeau, ordonna le Roi au Chapelier.

— Ce n'est pas le mien, répondit ce dernier.

— Volé ! s'exclama le Roi en se tournant vers les jurés, qui notèrent le fait sur-le-champ.

— Je les garde pour les vendre, ajouta le Chapelier pour s'expliquer. Aucun ne m'appartient. Je suis chapelier.

À cet instant, la Reine mit ses lunettes et commença à observer fixement le Chapelier, qui pâlit et commença à s'agiter.

— Exposez votre témoignage, lui demanda le Roi. Et ne soyez pas nerveux, ou je vous ferai exécuter sur-le-champ.

Cela ne sembla pas encourager du tout le témoin ; il continua à se balancer d'un pied sur l'autre, regardant la Reine avec une certaine gêne, et, dans sa confusion, il mordit un gros bout de sa tasse à thé au lieu de sa tartine.

Au même moment, Alice ressentit une sensation très étrange, qui la dérouta grandement jusqu'à ce qu'elle comprenne de quoi il s'agissait : elle recommençait à grandir. Elle envisagea d'abord de se lever et de quitter le tribunal, mais après réflexion, elle décida de rester ici tant qu'il y aurait encore assez de place pour elle.

— J'aimerais bien que vous arrêtiez de me serrer autant, exprima le Loir, qui était assis à côté d'elle. Je peux à peine respirer.

— Je n'y peux rien, s'excusa Alice. Je grandis.

— Vous n'avez pas le droit de grandir *ici*, l'informa le Loir.

— Ne dites pas de sottises, dit Alice avec plus d'audace. Vous savez, vous grandissez aussi.

— Oui, mais moi, je grandis à une vitesse raisonnable, pas de cette façon ridicule, répliqua le Loir.

Puis il se leva, la mine boudeuse, et traversa la cour pour en rejoindre l'autre côté.

Pendant tout ce temps, la Reine n'avait pas quitté le Chapelier des yeux, et lorsque le Loir traversa la cour, elle ordonna à l'un des officiers du tribunal :

— Apportez-moi la liste des chanteurs du dernier concert !

À ces mots, le Chapelier se mit à trembler si fort qu'il en perdit ses deux chaussures.

— Exposez votre témoignage, répéta le Roi, en colère. Sinon, je vous ferai exécuter, que vous soyez nerveux ou non.

— Je suis un pauvre homme, votre Majesté, commença le Chapelier d'une voix tremblante, et je n'avais pas commencé mon thé… depuis plus d'une semaine, environ… et comme le beurre sur mes tartines était de plus en plus fin… et le scintillement total du thé…

— Le scintillement total du *quoi* ? demanda le Roi.

— Cela *a commencé* par le thé, répondit le Chapelier.

— Bien sûr, total commence par un T ! trancha le Roi. Me prenez-vous pour un idiot ? Poursuivez !

— Je suis un pauvre homme, et la plupart des choses scintillaient après cela… le Lièvre de Mars a dit…

— C'est faux ! l'interrompit hâtivement le Lièvre de Mars.

— C'est vrai ! répliqua le Chapelier.

— Je le nie ! s'exclama le Lièvre.

— Il le nie, observa le Roi. Passez cette partie de votre récit.

— Bon, en tout cas, le Loir a dit… poursuivit le Chapelier, regardant autour de lui avec inquiétude pour voir s'il le nierait également, mais le Loir n'en fit rien, étant donné qu'il dormait… comme un loir.

— Après cela, continua le Chapelier, j'ai coupé plus de tartines…

— Mais qu'a dit le Loir ? demanda l'un des jurés.

— Je ne m'en rappelle plus, répondit le Chapelier.

— Vous *devez* vous en rappeler, l'avertit le Roi, ou bien je vous ferai exécuter.

Le malheureux Chapelier laissa tomber sa tasse et sa tartine, puis mit un genou à terre.

— Je suis un pauvre homme, votre Majesté, commença-t-il.

— Vous êtes sans doute un pauvre homme, mais vos talents d'orateur sont bien plus pauvres que vous, lança le Roi.

À cet instant, l'un des cochons d'Inde applaudit, et fut immédiatement censuré par les officiers de la cour. (Comme il s'agit là d'un mot assez complexe, je vais simplement vous expliquer ce qu'il s'est passé. Ils avaient un grand sac en tissu, qui s'attachait à la bouche avec des ficelles ; ils y glissèrent le cochon d'Inde, la tête la première, puis s'assirent dessus.)

« Je suis contente d'avoir vu cela », pensa Alice. « J'ai si souvent lu dans les journaux, à la fin des procès : "Certains essayèrent d'applaudir, ce qui fut immédiatement censuré par les officiers de la cour", et je n'avais jamais compris ce que cela signifiait, jusqu'à aujourd'hui. »

— Si vous ne savez rien d'autre au sujet de cette affaire, vous pouvez redescendre, dit le Roi.

— Je ne peux pas aller plus bas, remarqua le Chapelier. Je suis déjà sur le sol.

— Alors vous pouvez *descendre* de la barre des témoins et vous *rasseoir*, répondit le Roi.

À ces mots, l'autre cochon d'Inde applaudit, et fut censuré.

« Eh bien, c'en est donc fini des cochons d'Inde ! » pensa Alice. « Maintenant, nous devrions avancer plus vite. »

— J'aimerais finir mon thé, dit le Chapelier en jetant un œil inquiet vers la Reine, qui était en train de lire la liste des chanteurs.

— Vous pouvez partir, l'informa le Roi.

Alors, le Chapelier quitta précipitamment le tribunal sans même remettre ses chaussures.

— … et qu'on lui coupe la tête à l'extérieur, ajouta la Reine à l'attention de l'un des officiers.

Cependant, le Chapelier avait disparu avant que l'officier n'atteigne la porte.

— Appelez le témoin suivant ! ordonna le Roi.

Il s'agissait de la cuisinière de la Duchesse. Elle tenait le poivrier dans sa main, et Alice devina son identité avant même qu'elle n'entre dans la salle : les personnes près de la porte avaient toutes commencé à éternuer au même moment.

— Exposez votre témoignage, ordonna le Roi.

— Non, répondit la cuisinière.

Le Roi lança un regard inquiet vers le Lapin Blanc, qui dit à voix basse :

— Votre Majesté doit interroger ce témoin-là.

— Eh bien, s'il le faut, conclut le Roi avec un air mélancolique. Puis, après avoir croisé les bras et regardé la cuisinière en fronçant les sourcils jusqu'à ce que ses yeux aient presque complètement disparu, il dit d'une voix profonde :

— Avec quoi sont faites les tartes ?

— Essentiellement avec du poivre, répondit la cuisinière.

— De la mélasse, ajouta une voix endormie derrière elle.

— Saisissez ce Loir ! hurla la Reine. Qu'on lui coupe la tête ! Sortez-le de ce tribunal ! Censurez-le ! Pincez-le ! Arrachez-lui les moustaches !

Pendant quelques minutes, tout le tribunal se trouva rempli d'un grand désordre afin d'expulser le Loir, et lorsqu'ils se calmèrent, la cuisinière avait disparu.

— Peu importe ! dit le Roi, ne dissimulant pas un grand soulagement. Appelez le témoin suivant.

Puis il ajouta à voix basse à l'attention de la Reine :

— S'il vous plaît, ma chère, vous devez interroger le prochain témoin. Cela me donne la migraine !

Alice observa le Lapin Blanc chercher dans la liste, très curieuse de voir qui serait le prochain témoin. « Car ils n'ont pas recueilli beaucoup de témoignages », se dit-elle. Imaginez sa surprise lorsque le Lapin Blanc annonça, du haut de sa petite voix stridente :

— Alice !

XII

Le témoignage d'Alice

— Ici ! cria Alice.

Dans la précipitation, elle avait un instant oublié à quel point elle avait grandi quelques minutes plus tôt ; elle se leva si rapidement qu'elle renversa le banc des jurés avec le bord de sa jupe. Ces derniers tombèrent à la renverse et atterrirent sur les têtes de la foule en dessous d'eux ; ils s'agitèrent, affalés là, une scène qui rappela parfaitement à Alice les poissons rouges d'un bocal qu'elle avait accidentellement renversé la semaine précédente.

— Oh, je vous prie de m'excuser ! s'exclama-t-elle, consternée.

Elle commença à les relever aussi rapidement qu'elle le put, car l'accident des poissons rouges n'arrêtait pas de tourner dans sa tête, et elle avait donc une vague impression qu'ils devaient être rassemblés et remis sur le banc des jurés sans attendre, sinon, ils mourraient.

— Le procès ne peut se poursuivre que si tous les jurés reviennent sur le banc des jurés – *tous*, répéta-t-il en insistant sur ce dernier mot, le regard fixé sur Alice lorsqu'il le prononça.

Alice observa le banc des jurés et découvrit que, dans sa hâte, elle avait reposé le Lézard avec la tête en bas, et la pauvre petite chose remuait la queue avec détresse, incapable de bouger. Elle le saisit rapidement et le replaça à l'endroit ; « Non pas que cela ait une grande importante », se dit-elle. « À l'envers ou à l'endroit, je pense que les deux sont tout aussi inutiles en ce qui concerne ce procès. »

Une fois que les jurés se furent légèrement remis du choc d'avoir été renversés, et dès que leurs ardoises et stylos furent retrouvés et rendus à leur propriétaire, ils s'appliquèrent à retranscrire le déroulé de l'accident, tous sauf le Lézard, qui semblait trop épuisé pour faire quoi que ce soit d'autre qu'être assis, la bouche ouverte, regardant fixement le plafond de la cour.

— Que savez-vous de cette affaire ? demanda le Roi à Alice.

— Rien, répondit-elle.

— Rien *du tout* ? insista le Roi.

— Rien du tout.

— C'est très important, clama le Roi en se retournant vers les jurés.

Ils commençaient à écrire cela sur leurs ardoises lorsque le Lapin Blanc les interrompit :

— Sa Majesté veut dire *in*important, bien entendu, dit-il d'un ton empli de respect, avec toutefois les sourcils froncés et lui adressant des grimaces tout en parlant.

— Je voulais dire *in*important, bien entendu, répliqua hâtivement le Roi.

Il poursuivit à voix basse, pour lui-même, comme s'il essayait de trouver quel mot sonnait le mieux :

— Important… inimportant… important… inimportant…

Certains jurés écrivirent « important », d'autres « inimportant ». Alice fut en mesure de le voir, étant donné qu'elle était assez près d'eux pour lire leurs ardoises. « Mais cela n'a pas la moindre importance », pensa-t-elle.

À cet instant, le Roi, qui venait de passer quelque temps à écrire activement dans son carnet, gloussa :

— Silence !

Puis il lut à haute voix ce qui se trouvait dans son livre :

— Règle numéro 42 : *toute personne dépassant 1 kilomètre de haut doit quitter le tribunal.*

Tout le monde regarda Alice.

— Je ne mesure pas 1 kilomètre, se défendit Alice.

— Si, soutint le Roi.

— Presque 3 kilomètres, ajouta la Reine.

— Eh bien, en tout cas, je ne partirai pas, affirma Alice. En plus, il ne s'agit pas d'une vraie règle ; vous venez juste de l'inventer.

— C'est la plus ancienne règle du livre, s'indigna le Roi.

— Alors elle devrait être la numéro 1, répliqua la jeune fille.

Le Roi blêmit et ferma précipitamment son carnet.

— Prononcez votre verdict, dit-il aux jurés d'une voix basse et tremblante.

— D'autres témoignages sont encore à recueillir, votre Majesté, le coupa le Lapin Blanc, bondissant soudainement. Ce papier vient juste d'être trouvé.

— De quoi s'agit-il ? demanda la Reine.

— Je ne l'ai pas encore ouvert, mais il semblerait que ce soit une lettre, écrite par le prisonnier pour… pour quelqu'un.

— Ce doit être cela, à moins qu'elle ait été écrite pour personne, ce qui n'est pas courant, vous savez, observa le Roi.

— À qui s'adresse-t-elle ? demanda l'un des jurés.

— Ce n'est pas marqué, répondit le Lapin Blanc. À vrai dire, il n'y a rien d'inscrit sur le verso.

Il déplia le papier tout en parlant, puis ajouta :

— En fin de compte, il ne s'agit pas d'une lettre ; ce sont des vers.

— Est-ce l'écriture du prisonnier ? demanda un autre juré.

— Non, et c'est bien ce qui est étrange, lança le Lapin Blanc. (Les jurés affichèrent tous un air perplexe.)

— Il a dû imiter l'écriture de quelqu'un d'autre, conclut le Roi. (Le visage des jurés s'illumina de nouveau.)

— Votre Majesté, je n'ai pas écrit sur ce papier, et ils ne peuvent prouver que je l'ai fait ; il n'y a aucune signature au bas du document, se défendit le Valet.

— Si vous ne l'avez pas signé, cela ne fait qu'empirer les choses, déduisit le Roi. Vous deviez préparer quelque méfait ; sinon, vous auriez signé de votre nom, en homme honnête.

À ces mots, tout le monde applaudit ; c'était la première chose réellement intelligente que le Roi avait dite de la journée.

— Cela *prouve* sa culpabilité, conclut la Reine.

— Cela ne prouve rien de tel ! s'écria Alice. Voyons, vous ne savez même pas ce que disent ces vers !

— Lisez-les, ordonna le Roi.

Le Lapin Blanc mit ses lunettes.

— Où dois-je commencer, votre Majesté ? demanda ce dernier.

— Commencez par le début, dit le Roi d'un air grave. Continuez jusqu'à ce que vous arriviez à la fin, puis arrêtez-vous.

Voici les vers que le Lapin Blanc lut :

« Ils m'ont dit que tu es allé la visiter,
Et qu'à lui de moi tu as parlé :
Elle m'a trouvé une bonne personnalité,
Mais a dit que je ne pouvais pas nager.

Il leur a dit que je n'étais pas parti sur-le-champ
(Nous savons que cela est vérité) :
Si elle devait pousser la question prestement,
Qu'adviendrait-il de toi, mon associé ?

J'en ai donné une à elle, ils en ont donné deux à lui,
Tu nous en as donné trois ou plus ;
De lui, elles te sont toutes revenues aujourd'hui,
Bien qu'auparavant, toutes à moi elles fussent.

Si moi ou elle devait se trouver
Impliqué dans cette affaire,
Il compte sur toi pour les libérer,
Libres tout comme nous l'étions naguère.

Mon avis est que tu as été
(Avant que cette crise ne s'empare d'elle)
Un obstacle qui est venu s'installer
Entre lui, et nous, et cela ; criminel.

Ne lui dis pas qu'elle préférait leurs frimousses,
Car ceci doit toujours demeurer
Un secret, caché de tous,
Entre toi et moi, mon allié. »

— Voilà la preuve la plus importante que nous ayons entendue jusqu'ici, dit le Roi, se frottant les mains. Donc, maintenant, laissons le jury...

— Si l'un d'eux arrive à expliquer ces vers, je lui donne six pennies, dit Alice, qui était devenue si grande en quelques minutes qu'elle ne craignait absolument pas de l'interrompre. Je ne crois pas qu'il y ait une once de sens à tout cela.

Tous les jurés écrivirent sur leurs ardoises : « *Elle* ne croit pas qu'il y ait une once de sens à tout cela », mais aucun d'eux ne tenta d'expliquer le papier.

— S'il n'y a aucun sens à ces vers, alors cela évite bien des soucis, vous savez, vu que nous n'aurons à en chercher aucun, dit le Roi. Et pourtant, je ne sais pas... poursuivit-il en étalant les vers sur ses genoux avant de les regarder du coin de l'œil. J'ai l'impression de saisir un sens à cela, finalement. « *A dit que je ne pouvais pas nager* »... Vous ne pouvez pas nager, n'est-ce pas ? ajouta-t-il à l'attention du Valet.

Ce dernier secoua tristement la tête.

— Ai-je l'air de pouvoir nager ? demanda-t-il.

(Il n'en avait en effet pas du tout l'air, étant donné qu'il était entièrement fait de carton.)

— Jusqu'ici, tout concorde, dit le Roi.

Puis il poursuivit, se murmurant les vers :

— « *Nous savons que cela est vérité* »... Il s'agit des jurés, bien évidemment... « *J'en ai donné une à elle, ils en ont donné deux à lui* »... Voyons, ce doit être ce qu'il a fait avec les tartes...

— Mais le vers suivant est : « *De lui, elles te sont toutes revenues aujourd'hui* », remarqua Alice.

— Eh bien, les voilà ! s'exclama le Roi d'un ton triomphant en pointant du doigt les tartes posées sur la table. C'est limpide comme de l'eau de roche. Et ensuite... « *Avant que cette crise ne s'empare d'elle* »... Vous n'avez jamais été victime d'aucune crise, n'est-ce pas, ma chère ? demanda-t-il à la Reine.

— Jamais ! répondit-elle avec fureur, jetant en même temps un encrier vers le Lézard.

(Le pauvre petit Bill avait arrêté d'écrire sur son ardoise avec un seul doigt, ayant remarqué que cela ne laissait aucune trace ; mais à cet instant, il recommença avec hâte, utilisant l'encre, qui coulait le long de son visage, jusqu'à ce qu'il n'en reste plus.)

— Donc ces mots ne vous représentent pas du tout et cela pourrait vous faire *criser*, conclut le Roi, balayant la cour du regard avec un sourire.

Il y eut un silence de mort.

— C'est un jeu de mots ! ajouta le Roi d'un ton offensé, avant que tout le monde ne se mette à rire. Laissez le jury prononcer son verdict, ordonna le Roi pour la vingtième fois de la journée.

— Non, non ! s'exclama la Reine. La sentence d'abord, le verdict après.

— Sottises ! dit Alice d'une voix forte. Quelle idée de prononcer la sentence d'abord !

— Tenez votre langue ! ordonna la Reine, son teint virant au violet.

— Hors de question ! répondit Alice.

— Qu'on lui coupe la tête ! hurla la Reine de toutes ses forces. Personne ne bougea.

— Qui se soucie de vous ? Vous n'êtes qu'un paquet de cartes ! répliqua Alice, qui avait alors retrouvé sa taille normale.

À ces mots, toutes les cartes s'envolèrent et foncèrent droit sur elle ; elle laissa s'échapper un petit cri, mélange de peur et de colère, essaya de les repousser, puis se retrouva allongée sur le banc, la tête sur les genoux de sa sœur, qui enlevait délicatement quelques feuilles mortes qui avaient voleté des arbres pour venir se poser sur son visage.

— Réveille-toi, ma chère Alice ! dit sa sœur. Dis donc, tu as dormi bien longtemps !

— Oh, j'ai fait un rêve si curieux ! confia Alice.

Elle raconta alors à sa sœur, aussi bien qu'elle put s'en souvenir, toutes ses étranges Aventures que vous venez de lire ; lorsqu'elle eut terminé, sa sœur l'embrassa et lui dit :

— Voilà en effet un rêve curieux, mais maintenant, cours prendre ton thé, il se fait tard.

Donc Alice se leva et courut ; pendant sa course, elle pensa – évidemment – à ce rêve, et combien il avait été merveilleux.

***

Mais sa sœur resta tranquillement assise après le départ d'Alice, reposant sa tête sur sa main, observant le soleil couchant et pensant à la petite Alice et à toutes ses merveilleuses Aventures, jusqu'à ce qu'elle commence elle aussi à rêver, pour ainsi dire. Voici son rêve :

Tout d'abord, elle rêva de la petite Alice elle-même, et une fois de plus, les petites mains étaient serrées sur ses genoux, et les yeux clairs et ardents étaient plongés dans les siens – elle entendait assez clairement le ton de sa voix et voyait cet étrange mouvement de tête qu'elle effectuait pour empêcher les mèches rebelles de tomber devant ses yeux – et tandis qu'elle écoutait, ou semblait écouter, tout ce qui se trouvait autour d'elle prit vie, avec les créatures du rêve de sa petite sœur.

Les herbes hautes bruissaient sous ses pieds lorsque le Lapin Blanc passa avec hâte – la Souris effrayée éclaboussa son chemin dans une mare voisine – elle entendit les tasses s'entrechoquer alors que le Lièvre de Mars et ses amis partageaient leur thé sans fin, et la voix stridente de la Reine qui condamnait ses pauvres invités à être exécutés – une fois de plus, le bébé-porc éternuait sur les genoux de la Duchesse, alors que des assiettes et des plats s'écrasaient autour d'eux – une fois de plus, le cri perçant du Griffon, le crissement du crayon d'ardoise du Lézard et la suffocation des cochons d'Inde censurés ; tout cela emplit l'air, mélangé aux sanglots lointains de la malheureuse Simili-Tortue.

Donc elle resta assise, les yeux fermés, se croyant à moitié au Pays des Merveilles, même si elle savait parfaitement qu'elle n'aurait qu'à ouvrir les yeux pour que tout change et redevienne la monotone réalité. L'herbe ne ferait que se froisser sous le vent, la mare n'ondulerait qu'à cause du balancement des roseaux – les tasses qui s'entrechoquaient se changeraient en clochettes de moutons qui tinteraient, et les cris stridents de la Reine en la voix d'un jeune berger – et les éternuements du bébé, le cri du Griffon et tous les autres bruits étranges se changeraient pour devenir (elle le savait) les bruits confus de la ferme animée – alors que les mugissements du bétail prendraient la place des profonds sanglots de la Simili-Tortue.

Enfin, elle s'imagina la façon dont cette même petite sœur deviendrait elle-même, par la suite, une femme. Elle garderait, au fil des années, le cœur simple et aimant de son enfance ; elle rassemblerait ses propres enfants et illuminerait *leurs* yeux avides avec de nombreux contes étranges, peut-être même avec le rêve du Pays des Merveilles, fait de nombreuses années auparavant ; elle partagerait leurs chagrins simples et trouverait du plaisir dans leurs joies enfantines, se rappelant sa propre enfance et les heureuses journées d'été.

FIN

Préface 3

Bibliographie principale... 9

I – Dans le terrier du Lapin 11
II – La mare de larmes 18
III – Une course-caucus et une longue histoire 25
IV – Le Lapin missionne un petit Bill 32
V – Conseils d'une Chenille 40
VI – Porc et Poivre 48
VII – Un thé de folie 57
VIII – Le terrain de croquet de la Reine............................... 66
IX – L'histoire de la Simili-Tortue..................................... 74
X – Le Quadrille du Homard 82
XI – Qui a volé les tartes ?... 90
XII – Le témoignage d'Alice 97

Disponible dans la collection
Les Atemporels

- **La Dame de pique** d'Alexandre Pouchkine
  Préface par Yoann Laurent-Rouault
- **1984** de George Orwell
  Préfacé par Jean-David Haddad
  Traduit par Clémentine Vacherie
- **La ferme des animaux** de George Orwell
  Préfacé et traduit par Aïssatou Thiam
- **Psychologie des foules** de Gustave Le Bon
  Préfacé par Benoist Rousseau
- **Le Prince** de Nicolas Machiavel
  Préfacé par Benoist Rousseau
- **Orient et Occident** de René Guénon
  Préfacé par Pierre Vaude
- **Qu'est-ce qu'une nation ?** d'Ernest Renan
  Préfacé par Benoist Rousseau
- **La machine à explorer le temps** de H. G. Wells
  Préfacé par Jean-David Haddad

Découvrez le fonds littéraire international

Œuvres classiques illustrées et enrichies
Compilation d'œuvres essentielles
De nombreuses traductions

Suivez **JDH Éditions** sur les réseaux sociaux
pour en savoir plus sur les auteurs,
les nouveautés, les projets…

Inscrivez-vous à notre Newsletter sur
www.jdheditions.fr
Pour recevoir l'actualité de nos nouvelles
parutions